前世で処刑された聖女、今は黒薬師と呼ばれています

Main Characters
登場人物紹介
ルイトエリン
ライカン侯爵子息で、
第二騎士団副団長。
軽い口調と軽薄な笑みが
特徴の美貌の持ち主。
人には言えない秘密を
抱えている。
オリヴィア
前世で処刑された
記憶を持つ主人公。
元の知識を活かし、辺境の森で
薬師として活躍中。
容姿ゆえに苦労もあり、
地味にひっそりと
生きるのが目標。

ロレンシア
パール侯爵令嬢。
奇跡の力を持つ聖女。
その正体は――!?
テオドル
ガードナー子爵子息で、
第二騎士団所属。
腰の低い真面目な好青年。
先輩であるルイトエリンを
慕っている。
ヤルダ副団長
伯爵兼第一騎士団
副団長。
誰に対しても
公平な人格者。

プロローグ

私には前世の記憶がある。

と言っても、これが本当のことだと証明はできないけど。

十六年前、私は粗末な布に包まれて孤児院の前に捨てられていたらしい。孤児の姓には色の名前を付ける慣習があり、孤児院の院長によってオリヴィア・ホワイトとなった。

孤児院で育った私は六歳を過ぎた頃から、徐々に前世を思い出していった。

『あのね、先生！　私、違う人だったのよ』

『何を言っているの？　オリヴィアはオリヴィアよ』

『そうじゃなくて、オリヴィアになる前のこと！　両親がいてね、お兄ちゃんもいたのよ。それに生意気な弟と可愛い妹も。すごいでしょ！』

大人たちはみんな本気にしなかった。

孤児が家族に憧れて、空想と現実がごっちゃになるのはよくあることだったからだ。もう少し大きくなれば落ち着くだろうと聞き流していた。

けれども、子どもたちの反応は違った。

『やーい、嘘つきオリヴィア』

『でたらめ言うなよ。僕たちには両親なんていないんだから』

『……違うもん、嘘じゃないもん』

同じ立場だったからこそ、気に入らなかったのかもしれない。家族がいない寂しさを誰よりもわかっているから、そんなことを言ってほしくなかったのだろう。

しかし、自分のものでない記憶は成長するうちに少しずつ増えていく。周りとうまくやっていくため、次第に前世の記憶の話を隠すようになった。

……前世での最期を思い出したのは、十二歳を過ぎた頃だっただろうか。

私は偽聖女と呼ばれていた。


『偽《にせ》聖女を処刑しろ！』

前世の私が処刑台の上に引きずり出されると、取り囲んでいる民衆の怒声が一瞬で歓声に変わった。小石を投げつける行為を咎《とが》める者は誰もいない。

見る見るうちに私の体は血に染まっていくけれど、もう痛みは感じなかった。

苦痛に歪《ゆが》む顔を期待していた者たちは『最期のときまで図太い女だな！』と忌々《いまいま》しげに睨《にら》みつけていた。その中には以前私に救いを求めてきた人もいる。

人とはこんなに簡単に変わるものなのね……早く……終わりたい……

処刑台の上で、この瞬間が終わることだけを考えていた。

こうなってしまった発端は、遡《さかのぼ》ること一年前。

治療法がない流行病《はやりやまい》が蔓延《まんえん》し、多くの人が亡くなっていた。

そして、その病は私の弟も襲った。

家族と森に住んでいた私はもともと薬草の知識に長《た》けており、彼を助けたくて必死にいろいろな薬草を煎《せん》じて飲ませた。結果、奇跡的に効果がある薬草の調合方法を見つけた。

すぐにその調合方法を周りの人に教えたが、加減が大変難しく正しく行えるのは私だけだった。

そして国からの要請を受け、騎士団と一緒に国中を巡って薬草の調合を行ったのだ。

『ああ、痛みが引いていく。まるで奇跡だ。ありがとうございます、聖女様』

『いいえ、違います！　私はただ、薬草を調合しているだけで――』

『神が遣わした聖女でなければ、こんなことできません。聖女様、万歳！』

治ったことで興奮している人々の耳に、私の言葉は届かない。いつしか私は当たり前のように『聖女』と呼ばれるようになっていた。

一年後、流行病《はやりやまい》が落ち着き王都に帰還すると、私は聖女を騙《かた》った罪で捕らえられた。

私利私欲を満たすために国費を散財した、気に入らない者には薬を与えず意図的に殺害した、と拷問《ごうもん》されるたびに罪状は増えていく。

最終的に、この流行病《はやりやまい》も私が仕組んだことになっていた。国中を回って助けるふりをしながら、実は主要な水源に毒を混入していたというのだ。

『そんなのおかしいです！　私が到着する前から流行病《はやりやまい》は広がっていたのに』

『その証拠はどこにある？　みんな口を揃《そろ》えて言っていたぞ。病人がいなかった街でもお前が到着したあとから病が広がったとな』

『そんなの嘘です！』

『だ・か・ら、証拠は？　小娘がたったひとり喚《わめ》いたところで証拠がなければ意味はない』

尋問官はせせら笑っていた。

このときになってやっと私は、誤解を解こうとしても無駄だと悟った。王家の威信を脅《おびや》かす聖女は存在してはいけなかったのだ。

『お前が罪を認めないなら、家族が苦しむことになるぞ』と言われ、犯してもいない罪を認めたにもかかわらず、苛烈《かれつ》な拷問《ごうもん》は処刑当日まで止むことはなかった。両足の爪が剥《は》がされ、両手の指を潰《つぶ》され、薬で喉《のど》を焼かれ、どこかしら壊れていく日々に思考も感情も奪われていった。

私が願うのは自分の死だけになった。

そして、ようやく処刑当日を迎えたのだ。

処刑人はうつむく私の髪の毛を乱暴に掴んで、顔を横に向けさせた。

視線の先には、急遽《きゅうきょ》作られたらしいもうひとつの処刑台がある。そこには手を後ろで縛《しば》られひざまずいている両親と兄と、それから震えながら立つ幼い妹がいた。

大切な家族が処刑台の上に乗っている、その意味は一目瞭然《いちもくりょうぜん》だった。

『大切な者を失う辛さを思い知れ。お前の悪行《あくぎょう》で多くの民が苦しみ、大切な者を奪われたんだ』

処刑人が私の耳元で残酷な言葉をささやく。

違う、違う、私はやっていない！　と出ない声の代わりに首を横に振って必死に否定したけれど、意味はなかった。赤い涙を流しながら家族への救いを願う。

神様、助けてく……ださい……

しかし、無情にも父のたくましい体は目の前でドサッと棒切れのように倒れた。母の体も父に寄り添うように横たわり、すぐさま兄もそれに続いた。優しい両親と頼りになる兄の目は開いたままだが、もうその目には何も映っていない。

『うわぁーん、ひっく、ひっく……。お姉ちゃん、怖い……』

『あ゛あ゛あ……』

家族の死を目の当たりにして、妹は私に助けを求めてきた。年の離れた五歳の妹はとても活発で一時だってじっとしていられない子だった。それなのに今は恐怖で動けずにいる。

あの子だけでも助けたい。

処刑人を押しのけて身を乗り出そうとすると、ドンッと体を床に叩きつけられる。胸の辺りから骨が軋《きし》む音がしたけれど、あがき続けた。お姉ちゃんが絶対に助けるからね、と出ない声の代わりに目で訴える。

『コイツ、いい加減にしろ！』

頬を平手で殴られた反動で視界から妹の姿が外れ、次の瞬間、あの子の声が消えた。

慌てて視線を元に戻すと、妹の小さな体も動かなくなっていた。軽すぎる体は音も立てずに倒れたのだ。

さっきまで泣いていたのに、一生懸命手を伸ばしていたのに……

まだ温もりが残っているだろうその手は、私に向かって伸ばされていた。甘えん坊で、いつだって家族の誰かと手を繋《つな》いでいた小さな妹。今、その手は開いたまま。

声にならない声で慟哭《どうこく》する私の様子に、歓声は一際大きくなる。

『罪人を処刑しろ』

国王が命じ、私の背中は剣で引き裂かれた。

ひざまずいていた体が傾いていく。

血溜《ちだ》まりに横たわる私を見ながら人々は『俺の子の無念を思い知れ！』『父ちゃんの仇《かたき》だ』と叫ぶ。私の罪を疑っている者は誰もいない。

王家の手にかかれば白を黒にするのは造作《ぞうさ》もないことなのだ。私だって今までは、王家の発表を鵜呑《うの》みにしていたひとりだった。

赤く染まってぼやけた視界に映った何かに向かって、『ごめんね、ごめんね……』と私は心の中で繰り返していた。

とても残酷で悲しすぎる前世での最期。

これを思い出したとき、あまりの恐ろしさに涙を零《こぼ》した。

ただ幸いと言っていいのか、前世の記憶の感情が、今世の自分のものと結びついている感覚があまりない。前世についてすべて思い出しているわけではなく、曖昧《あいまい》な部分が多いからだと思う。飛ばし飛ばしに読んだ物語という表現がしっくりくる。

だからこそ、前世はあくまで記憶でしかないと割り切れた。

でも、大切なものを失った喪失感だけは完璧に思い出していた。喪失の恐怖だけはいくら頑張っても拭《ぬぐ》えなかった。

今世では知らない感情のはずなのに、大切なものを失う辛さは耐え難いと心に刻みこまれている。

そんな思いをするくらいなら、最初から大切なものなど持たなければいいよね……

家族がいない私は自然とそう考えるようになっていた。

今日、私は十六歳の誕生日を迎えた。

孤児院にいられるのは十五歳までと定められている。十六年間お世話になりましたと挨拶を済ませ、振り返ることなく孤児院をあとにしたのだった。

第一章　黒き薬師と呼ばれています

「こんにちは、黒き薬師様いますかー？　お父さんの薬をもらいに来ましたー」

「はーい、今行きますから待ってくださいね」

小屋の窓からそっと外を確認すると、男の子が立っている。

私は急いで手袋をはめ、顔を隠すためにフード付きの外套《がいとう》を目深《まぶか》に被ってから扉を開けた。

全身黒一色という私の不気味な姿を見ても、男の子は動じない。月に一度こうして来ているから慣れているのだ。

「はい、これを渡してね。あと、これはお駄賃《だちん》よ」

「やったー、蜂蜜《はちみつ》飴だ！　黒き薬師様、ありがとう。はい、これお肉だよ。次は何がいいか聞いてこいって言われたんだけど、またお肉がいい？」

最近足りないものは何かなと考えてから返事をする。

「そうね、今度は小麦粉がいいわ」

「わかった！　今度来るとき、持ってくるね。黒き薬師様、ばいばーい」

「はい、さようなら。気をつけて帰りなさいね」

孤児院を出た二年前から私はこの森でひっそりと暮らしている。

崩れかけていた小屋を勝手に拝借し、前世での知識を生かして薬草を摘み、それを物と交換したり、たまに町へ行って売ったりして生計を立てている。ボロ小屋については誰も文句を言ってこないので、最近は自分好みに手を加えていた。

ここに住み着いた当初から、人と接触するときは全身を服で隠している。醜《みにく》い火傷《たけど》の痕《あと》があるため引きこもっているという設定だ。

これは、ひっそりと生きていくために必要なことだった。

自分では思わないけど、どうやら私の見た目はいいらしい。栗色の艶やかな髪、紫水晶の瞳、うっすらと桃色に染まった頬は、望まなくとも異性の目を引いてしまう。

孤児院にいた頃は、助平爺《すけべじじい》に養女という名の愛人にされそうになったことも一度や二度じゃない。

あの頃は院長が断ってくれたけど、今は自分の身は自分で守るしかない。

辛気臭《しんきくさ》い黒い外套《がいとう》と手袋は私を守ってくれる鎧《よろい》だ。

今ではその姿から『黒き薬師様』と呼ばれている。

自由気ままで、豊かな自然のなかでひっそりと暮らす毎日はかなり気に入っている。

自由って最高だわ。……何より助平爺《すけべじじい》がいないしね。

孤児院では虐待《ぎゃくたい》などは決してされなかった。でもパンの大きさで揉める毎日や、一歩外に出れば『親なし』と偏見《へんけん》の目を向けられる暮らしは窮屈《きゅうくつ》でしかなかった。

育ててもらったことに感謝していても、あの暮らしを懐かしいとは思わない。

ここでずっと静かに暮らしてお婆さんになった頃、黒い外套《がいとう》を取って町を闊歩《かっぽ》するのが私の夢だ。

その日が来るのを心待ちにしながら呑気《のんき》に暮らしていたが、ある日招かれざる訪問者たちが森にやってきた。

——トントン。

森深くにあるボロ小屋まで来るのは、親にお使いを頼まれた子どもくらいで、彼らは扉を叩かず大きな声で呼ぶのが常だ。

誰だろう、と窓からちらっと外を窺《うかが》うが誰の姿も見えない。

戸を叩いてから見えない位置に移動したのだろうか？　小屋のすぐ横には大きな木があるので、立ち位置によっては見えないこともある。

私はすばやく黒い外套《がいとう》と手袋を身につけて、扉を開けた。

「突然の訪問で失礼します。黒き薬師と呼ばれているのはあなた様でしょうか？」

目の前に立っていたのは、濃紺の立派な騎士服をまとった見知らぬふたり。この平和な田舎町に騎士団は常駐していない。

礼儀正しく話しかけてきた騎士は見るからに若く、たぶん新米で十六歳くらいだろう。

そして、彼の後ろに立っている騎士は見た目は二十代前半くらいで、驚くほど綺麗な顔をして

いる。長身で凛々《りり》しいのに、美人という表現がぴったりあう。よく見ると右頬に傷痕《きずあと》があるけれど、それさえもこの完璧な美を損ねていない。

新米騎士と違って騎士服を着崩しているけれど、それも彼がやると絵になってしまう。

この人なら男に迫られた経験がありそうだな……

返事もせずにそんなことをぼんやり考えていたら、美貌の騎士が眉をひそめる。

「耳が遠いってことはかなりのお年寄りなのかな？ 俺に見惚《みと》れていたみたいだけど、ごめんね。年齢で差別するつもりはないけど、怪しげなお婆さん相手じゃ勃たないから、流石《さすが》に夜の相手は無理だと思う」

「……っ!?」

まだ経験はないけれど意味はわかり、外套《がいとう》の下で赤面する。

なんてことを言うのだろうか！ 助平爺《すけべじじい》たちだって、ここまであけすけな発言はしなかった。

「ルイト先輩、さらりと下品なことを言うのはやめてください！ 薬師様に失礼ですよ」

慌てて新米騎士が美貌の騎士の口を手で封じようとするが、さらりとかわされる。

「テオ、最初が肝心なんだよ、最初が。期待を持たせたら悪いだろ？」

悪びれることもなく軽い口調で失礼な発言を繰り返す美貌の騎士。本当に失礼極まりない人だ。

……期待なんてしていません！

外套《がいとう》で隠れているのをいいことに、私は思いっきり舌を出す。もし彼らが王族の血筋だとしても、見えなければ不敬罪で捕まることはない。

「そうです、最初が肝心なんです。それなのに、第一印象を最悪にしてどうするんですか！　こちらはこれから頼みごとをする立場なんですよ。断られたら先輩が責任を取ってくれるんですか？　それにご年配と思ったならば敬《うやま》うべきです」

新米騎士は焦った口調でまくし立てるが、美貌の騎士はヘラヘラと笑って反省する様子はない。

どうやら彼らは私に何かを頼みに来たらしいが、薬草を売ってくれというお願いだろうか。宣伝しているわけではないけれど、私が摘んだ薬草の評判をどこかで耳にしたのかもしれない。

「テオ、落ち着け。交渉は俺に任せておけ」

そう言うなり彼は歩いてきて新米騎士の前に出て、私の目の前に立った。

「薬師様、ちょっと失礼しますね。拳《こぶし》を握れますか？」

そう言って、私の手首を軽く掴む。

……もちろん握れるけど？

警戒しつつも言われるまま握ってみせる。

「うんうん、すごく上手ですね」

彼は大袈裟《おおげさ》に褒めながら、おもむろに私の拳《こぶし》を自分のお腹に当てた。

――ポスン。

彼のお腹は鉄板みたいに硬いが、全然痛くない。この動作はいったいなんだろうと首をかしげると、彼は私の手を離す。

彼の顔には誰もが見惚《みと》れるであろう極上の笑みが浮かんでいるけれど、この不可解な行動のあとでは胡散臭く感じる。

「ルイト先輩、いったい何をして――」

「はい、暴行の罪で王都まで連行しますね」

私は絶句する。私の手が彼のお腹に当たったのは事実だが、あれは彼が勝手にやったことだ。

「テオ、今何を見た？」

「何をって、薬師様の拳《こぶし》が先輩のお腹に当たって、でもそれは――」

「はい、目撃者の証言の確認も完了」

「えぇーーーーーーっ!!」

静かな森に新米騎士の叫び声が響き渡り、一斉に鳥たちが逃げていく。私以上にこの展開についていけなかったのは、彼の仲間であるはずの新米騎士だった。

「ちょっと待ってください、こんなの理不尽です！　若い騎士様、そうですよね？」

「時間がないから詳しい説明はあとでね、薬師様」

「……薬師様、お役に立てず申し訳ありません」

新米騎士は礼儀正しく頭を下げてきた。謝罪はいらないから先輩をどうにかしてくれ、と必死に訴えたけれど無駄だった。

抵抗虚しく連行されてしまった私は、馬の上で半日以上揺さぶられ続ける。

森から遠く離れた宿に到着したときには、馬に乗り慣れていない私のお尻は悲鳴を上げていた。恥ずかしいから口が裂けても言えないけど……

宿の部屋に入るとすぐに、新米騎士が恐る恐る声をかけてきた。

「とりあえず、その服を脱ぎませんか？　薬師様」

「……このままで結構です」

けんもほろろに答える私に、美貌の騎士は苦笑いしながら聞いてくる。

「薬師様、そんなに臭ってるのに平気なの？」

「平気なわけないじゃないですか！　ルイト先輩が強引に連れてきたから、薬師様は怒っているんですよ！」

私は無言のままうなずいて、新米騎士の言葉を肯定する。もっと言ってください、その大変失礼な人に！

……そう、私の黒い服は白い水玉模様になっていた。

なぜならあのとき、飛び立った鳥たちが糞《ふん》を降らせていったからだ。騎士たちは俊敏《しゅんびん》な動作で避けたが、私だけ見事に浴びてしまった。

必要最低限の着替えは持ってきているけれど、嫌がらせと抗議の意味を兼ねて着替えていなかった。

ふんっ、鳥の置き土産《みやげ》ごとき我慢できるわ。

我慢比べのような間が空き、だんだん新米騎士が涙目になってきた。

かわいそうになった私はしぶしぶ着替える。年下の子をいたぶる趣味はないし、悪いのはこの人ではなく美貌の騎士のほうだ。

「まずは自己紹介からやり直させてください。僕はテオドル・ガードナーと言います。この国の第二騎士団に所属しています」

私は「第二？」とつぶやいて首をかしげる。騎士と関わりがない生活を送っていたので、基礎知識が不足しているのだ。

私の反応から察したテオドルは、騎士団について簡単に説明してくれた。

この国の騎士団には第一と第二があって、基本的に第一は伯爵位以上の貴族出身者だけで構成され、第二は下位貴族や平民が多いそうだ。厳密な決まりではないけれど、上に立つ者が平民で部下が上位貴族だとやりづらいから所属を分けているらしい。

「僕は子爵家出身なので第二なんです。貧乏なので名ばかり貴族ですが。そして、この隣にいるのは――」

「同じく第二騎士団所属のルイトエリン・ライカンだよ。一応、侯爵家出身かな。薬師様、ごめんね。ちょっと時間がなかったから強引に連れてきちゃって」

「……オリヴィア・ホワイトです」

まだ怒っているけれど、挨拶だけはしておく。

この国では色の名前が姓なのは孤児だけなので、名乗った途端態度を変える人が多い。憐《あわ》れみならまだましで、露骨《ろこつ》に見下してくる人もいる。

目の前の彼らがどんな人たちかまだわからないけど、見た目や身分はその人の品性と比例しないと、十八年間生きてきて十分すぎるほど学んでいた。

私はぐっと背筋を伸ばして彼らの反応を待つ。

「オリヴィアちゃん？　それとも、オリヴィアさんって呼んだほうがいいかな？」

「先輩、馴《な》れ馴《な》れしいですよ。薬師様とお呼びしたほうがよかったら、遠慮なくそう言ってください」

「……ただのオリヴィアでお願いします」

意外なことに彼らは名字に反応しなかった。

ルイトエリンは無茶な人ではあるけれど、根は腐っていないらしい。

また、黒き薬師には醜《みにく》い火傷《やけど》の痕《あと》があるという噂《うわさ》を彼らは聞いているのだろう。隠された私の容姿に興味を示すことなく、今回の件についてテオドルが説明を始める。

「今、この国に隣国とちょっと揉めていて、近々騎士団が国境付近に派遣される予定です。つきましては随伴《ずいはん》してくださる薬師様を探しているところでして、お願いできないでしょうか」

騎士団が派遣されるなら、普通はお抱えの薬師に頼むものだろう。事情があってその人が随伴《ずいはん》できないとしても、こんな田舎の薬師に代わりを頼むのはおかしい。

「ほかにも薬師はたくさんいるのに、なぜ私なんですか？」

「そ、それは黒き薬師様の評判を聞きまして……」

テオドルはぎこちなく視線を逸らす。嘘をつけない人のようだ。

「テオ、嘘はよくないぞ。実はね、ほかの薬師たちには断られたんだ。体調不良や忙しいなどもっともらしい理由でね」

ルイトエリンもある意味正直者らしい。にやりと笑って、何かあるとわかりやすく匂わせてくる。

「それほど危ないのですか？」

「うーん、危ないと言うよりは、身分を笠に着て『断れ！』と裏で手を回している厄介な侯爵令嬢がいる。名前はロレンシア・パール、教会が認めた聖女なんだけどね。パール侯爵家を敵に回したくなくてみんな断ったってわけ」

この国において聖女とは、身分にかかわらず見目麗《みめうるわ》しい女性が選ばれる。数年ごとの交代制で、お飾りのような立場だが、箔《はく》がつくからなりたい人は多いらしい。今の聖女はかなり性格が悪そうだ。

「断ってもいいですか？」

前のめりで尋ねる。

なぜ聖女が裏で手を回して邪魔をするのか知らないけれど、面倒事に巻きこまれるのはごめんである。私はひっそりと暮らしたい。

「説明があとになって腹が立っているんだよね？　俺の顔を思いっきり殴っていいよ。さあ、どうぞ」

「嫌です」

ルイトエリンは綺麗な顔を惜しげもなく差し出してくる。

それなら遠慮なくと、本当は一発殴りたいところだけれど我慢した。舐《な》めてもらっては困る。理性はしっかりと持ち合わせている。もう同じ手は食いませんから！

「やっぱりバレちゃった？」

「ばればれです」

「どうしてもだめかな？」

悪びれることなく、上目遣いでお願いしてくるルイトエリン。自分の顔を最大限に有効活用してくるが、私は絆《ほだ》されない。

見た目よりも中身のほうが重要だと知っている。

一見優しそうな人がとんでもなく醜悪《しゅうあく》な性格をしていることだってあるのだ。容姿の優劣なんてパーツの配置と皮の張り具合の微妙な差に過ぎず、一皮剥《む》けばみな同じである。

「お断りします」

「連続の即答とは見事だね。気に入った、芯がしっかりしている子は好きだよ」

「私は軽い人が嫌いです」

軽い人とは、もちろん私の目の前にいる彼を指している。ルイトエリンも気づいているだろうが、怒った様子はなく、なぜかとてもうれしそうに見えた。

……被虐嗜好《ひぎゃくしこう》なのかしら？

それなら理解し合えないのは納得だ。

「流されないところが、またいいね」

彼はそう言いながら片目をつぶって親指を立てる。嫌味な感じではないけれど言動が軽すぎる。

私は無愛想な声で言い返す。

「勝手にあなたの中で、いいねを増やさないでください」

「ほんと、オリヴィアちゃんは最高だね」

「あなたの言葉は紙よりも軽いです」

「はっはは。それ、なぜかよく言われる」

無駄な会話を続けていると、テオドルがいきなり土下座をしてきた。

騎士が一介の平民にする態度ではない。私は驚きのあまり固まってしまう。

「実はその聖女が自分が同行するのだから薬師は不要だと言っているのです、私には治癒の力があると。たしかに奇跡の力で病が癒《い》えたという証人はいます。しかし、騎士団の者たちは半信半疑です。薬師不在では助かる命が助からないのではないか、と不安を抱いています。薬師様、どうお力をお貸しください！」

「……テ、テオドル様、どうか頭を上げてください！」

彼の切羽《せっぱ》つまった姿を前にして、ルイトエリンが強引な手段を使った理由がやっとわかった。

できれば断りたい。

でも、困っている人を見捨てられるほど非情になれない自分もいた。

それに、目の前のテオドルが、記憶にある前世の弟と重なった。

あの子のことを私は『テオ』と呼んでいた。それが愛称なのか、本当の名なのかは思い出せない。

覚えているのは、今の私には得られなかった温かい記憶だけ。

『テオ、またつまみ食いしたわね！　こらっ、待ちなさい』

『待てと言われて待つわけないじゃーん。姉ちゃんの唐揚げ最高だったよ。いいお嫁さんになれるね。でも、相手がいないから無理かー』

『もうっ、生意気なことばかり言って！　テオ、待ちなさいってば』

『姉ちゃん、いろいろと頑張れー』

生意気だけど可愛い弟。抱きしめたくなるほど愛しい存在だったと前世の記憶が教えてくれた。

真面目な騎士テオドルとやんちゃな弟は、顔も雰囲気も全然似ていない。共通点は名前が同じだということだけ。それなのに、心が揺れてしまうから不思議だ。

歯を食いしばって辛そうな顔をしているテオドルを前にして、今度はこんな顔はさせたくないという思いが一瞬浮かんだ。

ズキンッとかすかに頭が痛む。

……「今度」とはなんだろうかと、私は首をかしげる。彼とは今日が初対面だ。

たまにこういうことがある。

不完全な前世の記憶と関係しているのだろうけど、今まで深く考えないようにしてきた。囚《とら》われたら、オリヴィア・ホワイトでなくなってしまう気がするから。

今は目の前のことを優先させるべきだと、軽く頭を横に振って余計なことを消し去ると、痛みも消えた。

私はテオドルの前にひざまずき、顔を上げてくださいともう一度頼む。

「私でお役に立てるかわかりませんが、行くだけは行ってみます。ですが、ほかの薬師が気が変わって引き受けたら帰らせてもらいます。いいですか？」

騎士団の臨時お抱え薬師になるのは、流されたわけではない。……いや、流されているかな。

でも、そう思うのは癪《しゃく》だから、情けは人のためならずということにする。何ごとも前向きに捉えることが大切。

「ありがとうございます！　薬師様。もちろん、そのときは僕が責任を持って森までお送りします。本当に、本当にありがとうございます！」

頭を上げたテオドルの表情を見て無性にうれしくなる。

えくぼが出るその笑い方が、記憶にある弟とそっくりだったからかもしれない。共通点は名前だけじゃなかった。

「それと、様はやめてください。騎士になりたてのテオドル様より私のほうが歳上ですけど、呼び捨てでかまいませんから」

「えっ？」

テオドルの笑みがぎこちなく固まる。

私はただの平民で、彼は立派な騎士。

立場を考えたら、私を呼び捨てにしてもおかしくないはずだ。なんでそんなに驚くのだろうかと首をひねる。

そんな私たちをルイトエリンは交互に見ながら、くすりと笑う。

「オリヴィアちゃん、何歳？　ちなみにテオは二十歳で、騎士になって四年経つかな」

「……えっ……!!」

今度は私が固まる番だった。

まさかの年上だった。童顔にもほどがある。

テオドルが固まった理由がわかり、私は焦る。

「テオドル様、すみません。私のほうが二歳も下のくせに生意気なことを言って」

「いいえ、よくあることですから。それに僕のことはテオと呼んでください。騎士団でそう呼ばれていますから」

苦笑いするテオドルに、私は丁寧に頭を下げる。

「あっ、俺もルイトでいいからね。ちなみに二十二歳だからオリヴィアちゃんよりも四歳上。好きな食べ物は肉で、嫌いなものは特になし。副団長をやってるけど出世に興味はないかな」

「では、テオ様とルイト様と呼ばせていただきますね」

ルイトエリンは求めていない情報まで言うが、必要のない情報なので聞き流した。

彼は拳《こぶし》を口元にあてながら、くくっと笑っている。

「見事に俺の個人情報はスルーしたね、オリヴィアちゃん。たいがいの女の子は目をキラキラさせながら『若いのに副団長なんてすごいですね！』とか言ってくれるのに」

……残念ながら私は例外です。

でも、このあとの付き合いを円滑にするために必要な言葉は告げておくことにする。

「ワァー、スゴイデスネ」

「まさかの棒読みですね……」

「その言葉がこんなに心に響いたのは初めてだよ、オリヴィアちゃん」

唖然《あぜん》とするテオドルの隣でルイトエリンはお腹を抱えて笑っている。

出だしはまずまずといったところで一安心だ。人生において人間関係が一番難しいから、これ以上複雑にはしたくない。

「では、これからよろしくお願いします。オリヴィアさん」

「ヴィ、ヴィアちゃん、よろしく。無理を聞いてもらったんだから、俺たちにできることがあればなんでもするから遠慮なく言ってね」

テオドルはやはり真面目な性格らしく、年下とわかっても『さん付け』で呼んできた。

一方、ルイトエリンは馴《な》れ馴《な》れしい。ヴィアちゃんなんて愛称で呼ばれたのは初めてだ。誰に対してもこんなふうに接しているのだろうから気にしないことにした。

ここで反論しても不毛な会話しか生まれない気がする。

「では早速お願いしたいことがあります」

「うんうん、なんでも言って」

上機嫌で返事をするルイトエリンを横目に、外套《がいとう》の下で不敵な笑みを浮かべた。

彼の言質《げんち》は取った、証人は会話を聞いていたテオドルだ。騎士たる者二言はないはずですよね？

「それではお言葉に甘えさせていただきます。一発殴らせてください。あ、ルイト様限定です」

一応はお願いする立場なのでペコリと頭を下げた。どんな場合も礼儀を守っておいて損はない。

ルイトエリンは綺麗な目をこれでもかというくらい見開く。

「ん？　ヴィアちゃん、どういうことかな……」

「ルイト様は、最初私をはめましたよね？　そして、またはめようとしましたよね？　二度目は私が自力で回避しましたが、結局王都へ行くことになりました。だったら、あのときに殴るのを我慢したのはもったいないなと思うんです」

「いやいや、全然もったいなくないよ！　ヴィアちゃん」

「ルイト先輩、約束は約束です。それに僕ももったいないと思います。こういう機会は滅多にないですし」

真顔でそう告げるテオドルに、よくぞ言ってくれましたと、心の中でお礼を言っておく。私は自分が怪我《けが》しないように、適当な布を右手にくるくると巻きつける。

「はぁっ？　テオ、お前――」

「ルイト様、いきます！」

「えっつぇぇーーー」

じりじりと後ずさりしようとするルイトエリンを止めたのはせまい部屋の壁だった。

「ルイト様、怪我《けが》しないように歯を食いしばってください」

口の中を切っては大変だから、私は拳《こぶし》を構えながら注意する。

彼は頬を引きつらせながら、私の親切な忠告をさっそく無視して口を開く。

「それなら、やめにしたほうがいいんじゃないかな……」

「喋ってはだめです。舌を噛んでしまいますから」

「……ヴィアちゃん、優しいね。でもその優しさの使い方、ちょっと間違ってないか――」

「口を閉じてください、ルイト様」

「……」

一発のはずだったけれど、勢い余って二発もお見舞いしてしまった。

しかし、流石《さすが》は騎士である。思いっきり殴ったのに彼はびくともしなかった。まあ、顔が腫《は》れ上がっているから、よしとしよう。

慣れないパンチに、私の右手はじんじんと痺《しび》れているし。

「改めまして、これからよろしくお願いします」

「はっは……は……よろしくね。手、大丈夫？　怪我《けが》させてごめんね」

ルイトエリンは少しだけ痛そうに顔を歪《ゆが》めながら、私の心配をしてくる。

そういえば、彼は避けようとしなかった。それどころか長身の彼はわざわざ屈《かが》んで、私のパンチを顔面で受け止めていた。

殴ったことは後悔していないけれど、彼は案外いい人かもしれないと少しだけ見直す。……軽《チャラ》いけどね。

続けて私は本来のお願いを口にする。

「あと、衣食住の保証をお願いします。それと、命の保証も。その令嬢の嫌がらせは気にしませんが、実害があって命を落とすことになったら本気で恨みます。私、忘れない質《たち》なので化けて出る自信しかないです」

「……ヴィアちゃんならやれそうな気がするね」

「……僕もオリヴィアさんなら有言実行だと思います。保証しますから安心してください」

最初が肝心とばかりに釘を刺しておく。化けて出るとかはハッタリだけど、ここは強気で言っておいたほうが私の覚悟が伝わるというものだ。

ルイトエリンたちは揃って口元を引きつらせながら器用に笑っている。

彼らといい意味で距離が縮まったところで、私たちは夕食をとるために外出することにした。

宿の人に教えてもらった店に三人で歩いて向かう。その道すがらルイトエリンは女性を見ると、誰彼かまわず『可愛いね』と気安く声をかけていた。……たんぽぽの綿毛よりも軽いヤツめ。

ただ、女性に悪さをしている様子はないので、よしとしている。私と道徳観は合わないけれど、誰にも迷惑をかけていないのならばいいだろう。

それに、女性のほうがぐいぐい来ると「君みたいな素敵な人のことを高嶺《たかね》の花って言うんだよ。もっと自分を大切にしなね。安売りなんてしちゃだめだよ、お姫様」と歯が浮くような台詞《せりふ》を言ってお断りしている。

理想がものすごく高いのか、それとも好みではなかったのか。

本人に聞いてみたら「理想？　とりあえず人だったらいいかな」と答えた。男女問わないらしい。

彼はとても綺麗な人だから、なんだか納得だった。

「騎士団は男社会ですから選び放題ですね」

「ん？　ヴィアちゃん、それってどういう意味かな……なんか誤解してない？」

「大丈夫です。理解はバッチリです」

「いや、絶対に間違っているからね……」

私は理不尽な差別はしないと心に誓っているのだ。

彼は何か言いたげだったけど、大丈夫ですという意味を込めて親指を立てて見せたら、それ以上は何も言わなかった。安心したのだろう。

歩きながらテオドルも気さくに話しかけてくれる。見た目からして真面目そのものの彼は、中身も同じで、謙虚な姿勢を崩さない。きっと彼は上から可愛がられるタイプだ。

現に、彼らのやり取りを見ていると、とても仲がいいんだなとわかる。先輩後輩の間柄らしいけど、いい関係を築いていてうらやましいなと思う。

育った環境ゆえ、私に友達はいない。あの孤児院で暮らす子どもたちは友達ではなくライバルだった。

養子を探している人に気に入られ引き取ってもらいたい。

料理人と仲良くなって、一口でも多くおかずをもらいたい。

世話人にいい子だと思われて、なるべくボロボロでない古着を渡されたい、と必死で奪いあう関係だった。

孤児院を出たあとも、私は人付き合いを避けていたので、友達と呼べる人はいないのだ。

……大切なものはいらないから、これでいい。

並んで歩くふたりをぼうっと見ていると、ルイトエリンが「ヴィアちゃん、可愛いね」と黒一色の私に笑いかけてくる。女性に声をかけ続けないと死んでしまう病気なのだろうか。

「黒い服がですか？」

「ううん、黒い手袋がだよ」

「気に入ったなら差し上げましょうか？　同じものを持ってますから」

「……気持ちだけで十分かな」

生産性のない会話をしていると目的の場所に到着した。

有名なお店らしく中に入るとにぎわっている。空いている席を見つけて座ると、テオドルが見やすいようにメニューをテーブルの上に広げる。

「オリヴィアさん、何を食べますか？」

「知らない料理ばかりなので、テオ様と同じものをお願いします」

「それは責任重大ですね。もしオリヴィアさんの口に合わなかったら……」

テオドルは腕を組んで真剣に考え始める。真面目な彼を悩ませたら申し訳ないので、私は適当でいいですと告げる。

「うーん、適当が一番難しいですね」

「では、これでお願いします」

私が適当にメニューを指さしたら、しばらくして豚の丸焼きが出てきた。

……適当って本当に難しいですね、テオ様。

黙々と三時間かけて三人で食べ切った。これからは適当に選ぶことは絶対にしない。もし次に牛の丸焼きが出てきたら食べきれないから。

そのあと、私たちはふらふらしながら、なんとか宿に戻ったのだった。

◆◆◆

オリヴィアが部屋に入るのを見届けてから、僕――テオドルはルイト先輩と一緒に自分たちが今晩泊まる部屋へ向かう。常識的に考えて女性と同じ部屋には泊まれないので、二部屋取っていたのだ。

「これは明日には青痣《あおあざ》になるな……」

部屋に入るなり、壁にかけてある鏡に映った自分の顔を見ながらルイト先輩はつぶやいた。

真っ赤に腫《は》れ上がった右頬は痛そうだ。

でも、彼の口元はうれしそうに上がっている。きっと、パンチを受ける直前のやり取りを思い出しているのだろう。

あの会話は傑作だったと、僕も思い出して笑みを零《こぼ》す。

殴られる側だけでなく、殴る側も手を怪我《けが》することがある。鍛えていないなら尚更だ。だから、先輩は身長差のある彼女の手が顔に当たるように調整した。鍛えている騎士の体は鋼《はがね》のように硬いし、騎士服には金属の留め具も付いているので、柔らかい頬を殴ったほうが怪我《けが》する可能性が低い。

――ルイト先輩がやることには意味がある。

今まで無駄なことなんて何ひとつなかった。

オリヴィアは手加減なしのパンチに続き、化けて出る宣言をした。その後の彼女からはやりきった感が漂っていて、強引な連行と僕の泣き落としのような交渉がしこりにならずに済んだとわかって安堵《あんど》した。……まあ、彼女の前向きな性格に助けられた部分も大きいが。

「今回はありがとうございました。オリヴィアさんが引き受けてくれたのは、ルイト先輩がいてくれたお陰です」

「俺はたまたまこっちに遊びに来ていただけ。彼女の心を動かしたのはテオ、お前の言葉だよ」

「ですが、先輩がいなかったら――」

「お前の手柄だ、テオ」

ルイト先輩はそう言いながら、僕の背中をトンッと軽く叩いた。

僕とルイト先輩の付き合いは、貴族の子弟が通う学園からだ。だから、今も先輩と呼んでいる。

本来なら彼は、僕と同じ騎士団に所属する身分ではない。

ふたつの騎士団にどちらが上とかはないが、誰かが上位貴族に忖度《そんたく》しているらしく、第二のほうが危険な仕事が多く割り当てられる。

不祥事を起こして第二に異動することは極稀《ごくまれ》にあるが、ルイト先輩は最初から第二騎士団に配属された。

ライカン侯爵は息子が死んでもかまわない、いや、きっと息子の死を願って、裏で手を回しルイト先輩を第二騎士団に入れたのだと思う。……実の親の考えることじゃない。

ルイト先輩の右頬には古傷があるが、その体にはもっと深い傷が刻まれている。

とある事件をきっかけに、激昂《げっこう》したライカン侯爵によって六年前につけられたものだ。

侯爵家の家令によると、ライカン侯爵は正気を失ったように息子を殴り続けたらしい。そのことを知っているのはライカン侯爵夫妻――今は離縁しているが――と侯爵家の家令と、死にかけたルイト先輩を一時的に預かっていた我が家だけ。

ガードナー子爵家は、ライカン侯爵家の援助を受けてギリギリ成り立っているような家だった。

だから、侯爵は『死んだら連絡をくれ』とひどい傷を負った息子を、最低限の手当てしか施せない我が家に預けた。いや、放置したというほうが正しい。

仮に目を覚ました息子が事情を話しても、我が家なら外に漏らすことはないとわかっていたのだ。

だが、事情を話したのはルイト先輩ではなく侯爵家の家令だった。たぶん、事実をひとりで抱えることに耐えられなかったのだろう。

奇跡的に回復したルイト先輩は、父親の所業を公《おおやけ》にすることを望まなかった。彼には弟がいて、不祥事がその未来に影響を及ぼすのを危惧《きぐ》したのだ。

『……どうか黙っていてくれ』と頭を下げたルイト先輩。

固く握られたその手は耐えるように震えていた。信頼している人に裏切られ、誰よりも辛いのは彼自身だとわかっているから、僕は何も言えなかった。

それから先輩は変わった。

軽い口調と軽薄な笑みで本音を隠し、心を見せない。図々しく思えるほど誰に対しても気安く接しつつ、自分の懐《ふところ》には誰も入れなくなった。

周囲は事情を知らないから、侯爵家と絶縁状態にある彼を『遊び回っているから見限られたんだ』と勝手なことを言っていた。

違う、そうじゃないんだ！

『ルイト先輩。僕ではなんの力にもなれないかもしれませんが、話を聞くことはできます。無理して笑ってないで吐き出してください。そうすれば少しは楽になれ――』

『あいかわらず真面目なヤツだな。俺はなーにも考えてないだけ。一度きりの人生なんだから、どうせなら気楽に生きたほうが楽しいだろ？　お綺麗な顔を有効活用して遊ぶのは最高だって、早めに気づいて本当によかったよ』

僕にも胸の内を明かしてくれなかった。これまで散々お世話になったから、少しでも役に立ちたいと思うけれど、僕は何もできずにいた。

第二騎士団のみんなは変わってからの彼しか知らない。仕事はできるが、遊び歩いている軽い男と認知されている。本当は違うのに……

今回の薬師探しは本当に厄介だった。

聖女のせいで、随伴《ずいはん》する薬師が見つからない。みんなで手分けして、手当たり次第に依頼したが断られ、もう辺鄙《へんぴ》な森に住んでいる黒き薬師しか残っていなかった。

その説得を任されたのが、運悪く順番が回ってきた僕だったのだ。

責任の重さに押しつぶされそうだった。交渉ごとは苦手だが、特別扱いはない。騎士団では泣き言を言うヤツは信用を失う。

不安を抱えて黒き薬師のもとに向かった僕を待ちかまえていたのは、気だるげに木に寄りかかっていたルイト先輩だった。

『よおっ、奇遇だな。テオ』

『ルイト先輩、どうしてここに……』

たしか先輩は有給休暇を取っていたはずだ。

『可愛い女の子に振られちゃって、暇してたから、ぶらぶらしてた。そしたら、なんと偶然お前に会った。ここがあの黒き薬師が住んでいる森か？』

彼は素知らぬ顔をしてこう告げてきたが、偶然なんてありえない。

第二の団長から黒き薬師を説得するように命じられた僕に、この森を地図で教えてくれたのはほかでもないルイト先輩だ。

この森は王都から馬を飛ばしても数日掛かるだけでなく、黒き薬師しか住んでいない。……先回りして、僕のことを待っていたのは明らかだった。

『……ありがとうございます』

『偶然だって言ってるだろ。さあ、さっさと行けよ。俺もたまたまそっちに行きたい気分だけどな。気が合うな。テオ』

『はい！』

涙声で返事をした。

僕に任せるのが心配だったら、最初から一緒に来ればいい。けれど、そうしたら僕を無能と指摘するのと同じ。だから、先輩はこんな回りくどい真似をした。

黒き薬師の承諾を得られれば僕の手柄に、もしだめだったら自分がどうにかするつもりでいたのだろう。

そして、自分が悪者になった。時間的に余裕がなかったから強引な手段を使いつつ、黒き薬師の怒りを物理的に解消させる形でうまく収めてくれた。

僕ひとりだったら、絶対にうまくいかなかった。

「これで冷やしてください、ルイト先輩」

「気が利くな。ありがたく使わせてもらうよ」

部屋に戻る前に宿の調理場からもらってきた氷を、手拭きに包んで差し出す。これで少しは腫《は》れが引くといいのだが。

「テオ、全力で守るぞ」

僕に背を向けたまま、ルイト先輩はいつもの軽い口調で告げてきた。

「はい!」

誰を、と聞かなくてもわかる。黒き薬師オリヴィア・ホワイトのことを指している。

この宿に着く前、風に吹かれて黒い外套《がいとう》が外れたことがあった。

現れたのは醜《みにく》い火傷《たけど》の痕《あと》など一切ない、うら若き乙女。

長時間馬に揺られて疲れたのだろう、先輩にもたれかかって彼女は眠っていた。

白い陶磁器のような肌に、淡い桃色の頬、艶やかな唇。目を閉じていても彼女が美しい人なのはわかった。

『この格好の理由はこれか……』と痛ましそうにつぶやく先輩の声が耳に届く。

若い女性が美しい容姿を隠してひとりでひっそりと森で暮らしていることを考えれば、いろいろあってのこの選択なんだと容易に想像できた。

たぶん、平凡な僕では経験したことがない苦しみを知っているのだろう。これは彼女の鎧《よろい》なのだ。

先輩と同じなんだな……

起こさないようにそっと外套《がいとう》を元に戻すルイト先輩を見ながらそう思った。理由は違うだろうが、自分を守るために隠している。

彼女はその容姿を、先輩は己の心を。

……久しぶりだったな、あんな顔のルイト先輩を見たのは。

彼女とのやり取りで一瞬だけ見せたあの柔らかい笑み。作り笑いや軽薄さで誤魔化《ごまか》すことなく、彼女によって引き出された素顔。

やっぱり先輩は変わってなかったと、懐かしくて涙が出そうになった。

僕の勝手な期待を押しつけるつもりはないけれど、彼女ならばと期待してしまう。なんとなく、オリヴィア・ホワイトなら先輩の鎧《よろい》にヒビを入れてくれる、そんな気がしてならないのだ。

彼女なら常識を軽々飛び越えそうだ、あの綺麗な顔を躊躇《ちゅうちょ》なく殴ったように。きっと彼女にとっては美形だろうと熊だろうと、一緒なのだろうな。

熊に殴りかかっている彼女を想像するのは簡単だった。もちろん、勝者はオリヴィア・ホワイトだ。

僕は最高の薬師を見つけたのかもしれない。

第二章　黒き薬師と偽《いつわ》りの婚約

住んでいた森を出て五日後、私たちは王都に到着した。別世界のようなにぎわいの中、ルイトエリンは行き交う人に気をつけて馬の歩調をゆるめる。

「このまま騎士団が常駐している場所へ行くね、ヴィアちゃん。王都の中心にあるからすぐ着くよ。ほら、見えてきた」

彼が指さす先には、驚くほど立派な建物があった。騎士団ってお金があるんだなと思っていたら、なんと連れていかれた場所は王宮だった。

「……」

先に言っておいてほしかった。それを知ってどうなるものでもないけど、心の準備というものがある。

私はルイトエリンたちと別れると、王宮内で偉い人――名乗らなかったので嫌味を込めてそう呼ぶことにした――から今後の説明をされる。

なんと一週間後に騎士団に随伴《ずいはん》し、辺境に行くらしい。本当は二週間後だったけれど、ありがたい御神託があったそうで予定を早めたという。

つまり、聖女から横槍が入ったのだ。

本当にはた迷惑な聖女である。きっと旅には事前の準備が必要で、集団が大きければ大きいほど時間がかかるとわかっていないのだろう。

そういう訳で、私は一週間のうちに薬草の在庫を確認し、不足しているぶんを補充するようにと命じられた。

ここで私がゴネても無駄なのはわかっているのでうなずく。

「それと、今日中にふたつの騎士団へ挨拶に行くように。くれぐれも失礼のないようにな。特に第一騎士団は上位貴族がほとんどだから、細心の注意を払うようにしてくれ」

「細心の注意とはどのようなことですか？」

思わず聞き返してしまう。私は貴族ではないから、上位貴族への礼儀作法がわからない。

「それだ、それ！　素直に『はい』とだけ返事をするんだ。生意気に聞き返したりするんじゃない。ましてや逆らうなんて言語道断だぞ。孤児のくせにっ」

「……はい、承知いたしました」

偉い人はあからさまに私を見下してきた。

そっちが頼んだくせにと思ったけれど、面倒くさそうな人だったので大人しく返事をした。こういう対応は残念ながら初めてではない。

もしこの場にルイトエリンたちがいたらどうなったのかな。

彼らがかばってくれたかもと、少しだけ期待してしまう。たった数日一緒に旅をしただけなのに、彼らの気さくさに私は甘えることを覚えてしまったようだ。

偉い人が私の前から立ち去ったあと、パンパンと顔を叩いて「しっかりしろ、私！」と気合を入れる。今までのように、これからだってひとりで頑張って生きていくのだ。

そのあと、私が最初に連れていかれたのは王宮に隣接している訓練場だった。

そこに第二騎士団がいたのだが、その中にルイトエリンとテオドルの姿はなかった。案内してくれた人に尋ねると聞こえているはずなのに無視された。

あの偉い人の子分――この人も名乗らなかったのでこう呼んでいる――だけあって嫌なヤツだ。

外套《がいとう》の下で盛大に舌を出していると、立派な体格の騎士がこちらに向かって歩いてくる。

「ようこそ、黒き薬師殿。私は第二騎士団の団長を務めるルオガンだ。今回は引き受けてくれて感謝する」

「オリヴィア・ホワイトです。これからよろしくお願いします。事情があるのでこんな格好ですがお許しください」

ルオガン団長が歓迎の言葉を口にすると、第二の騎士たちはそれに続いた。黒い外套《がいとう》、黒い手袋という怪しげな薬師を第二騎士団は受け入れてくれた。

私は旅の途中でルイトエリンとテオドルに、醜《みにく》い火傷《たけど》の痕《あと》があるから黒い外套《がいとう》を被っていると伝えていた。きっと彼らが事前に失礼な態度を取るなと釘を刺してくれたのだろう。

次に連れていかれたのは、王宮内にある立派な訓練場で、そこには第一騎士団がいた。

同じように挨拶をすると、散々見慣れたあの視線を向けられた。

第一の団長は名乗りもせずに、軽く舌打ちしただけ。

上に立つ者が最低なら、騎士たちも負けず劣らず最低で、聞こえるように侮蔑《ぶべつ》の言葉を口にする。

「ちっ、孤児かよ」

はい、孤児ですね。

「……最悪だな」

それはこっちの台詞《せりふ》ですよ。

「誰だよ、こんなヤツ連れてきたのは」

超絶美形騎士と好青年騎士ですが、爪の垢でももらってきてあげましょうか？

ルイトエリンのあの軽ささえも、彼らを前にすれば懐かしく思えてくるから不思議だ。

第一と第二でこんなに雰囲気が違うとは思わなかった。

挨拶を済ませると、私は早々にその場から去った。彼らとは距離を置こう。愚か者とは関わらないのが一番だと身を以て知っている。


翌日。

さっそく私は王宮の端にある薬草庫で在庫の確認を始める。騎士団が所有しているだけあって、薬草の種類も量もうらやましいほど多かった。

忙《せわ》しなく動いている私のもとに、第一の騎士がやってきた。

「おい、孤児のくせに薬草のことがわかるのか？　ろくな教育も受けてないくせに」

「適当なこと言ってだましているんじゃないか？　卑《いや》しい孤児だもんな」

「だましてません。独学ですが、薬草の知識はありますので安心してください」

この国の薬師は資格が必要なわけではなく、薬草の知識さえあればその学び方は問われない。自称薬師は多くいるが、実際に周囲から本物と認識されているのはよくて半分くらいだ。

前世の知識を活かして今世でもさらに独学で知識を増やしている私は、その本物のひとりである。

「はん！　口ではなんとでも言えるよな」

「そうだ、そうだ」

子どもじみた嫌がらせを繰り返すふたりの騎士。私以外の人にはペコペコしていたから、見た目通り新米なのだろう。周囲に誰もいないのを見計らってやるのが、またいやらしいところだ。

貴族と揉めても勝ち目はないので、我慢我慢と自分に言い聞かせる。

しかし以降、小心者たちは一日に何度も邪魔しに来るようになった。そんなに暇なのだろうか。

こっちは忙しいのだ、いい加減にしてほしい。

はぁ……、もう森に帰りたいな。

王都に到着して三日目にして、そう思わずにはいられなかった。泣き言を言ってるのではない。

このままでは何かを盛ってしまいそうだと危惧《きぐ》しているのだ。

薬師を生業《なりわい》にしているから、無味無臭の下剤になる薬草だって知っている。普通は便秘改善のために用いるけれど、工夫次第でほかの使い方だってある。こっそりならいいかな……

気づけば彼らのためにお茶を用意し始めていて、はっとする。どうやら無意識に体が動いていたようだ。

孤児院では嫌がらせされても泣き寝入りはしなかった。毅然とした態度で接しないと、舐《な》められてまた同じことをされるからだ。

でも、本当に飲ませたら流石《さすが》にまずいだろう。淹《い》れたお茶を流そうとすると、ひとりの小心者の声でその手が止まる。

「おっ、流石《さすが》は孤児だな。上の者に媚《こ》びるのだけは一人前みたいだ。どうせ、まずいだろうが、ちょうど喉《のど》が渇いているから飲んでやる」

「粗茶ですがよかったら、どうぞ」

彼の言葉に素直に従いお茶を差し出す。だって、お貴族様には逆らってはいけないと偉い人から言われているから仕方がない。

「君たち、また油を売ってるのか？　第一のヤルダ副団長に知られたらまずいんじゃないかなー。あの人、身分なんかに忖度《そんたく》しないからさ」

聞き覚えのある声に振り返ると、戸口には笑顔のルイトエリンと厳しい表情のテオドルがいた。

彼らの登場に小心者ふたりはわかりやすく狼狽《ろうばい》する。所属する騎士団は違えど、序列関係は変わらないようだ。

ルイトエリンの発言が本当だとすると、この新米騎士たちはかなり身分が高く、かつサボりの常習犯。第一の所属なのに第二の副団長にも知られているとは、相当な問題児なのだろう。

さあ、遠慮なくお説教してやってください。私が出る幕ではないなと一歩下がった。

「うっ、ライカン副団長。えーと、私たちは薬草の在庫の確認に来ただけで……」

「在庫の確認は薬師の仕事だ。それとも騎士を辞めて、黒き薬師殿に弟子入りするつもりなのかな？　仮にそうだとしてもおかしいよね。お茶を飲んでくつろいでいるのが、師匠でなく弟子のほうなんてさ」

ルイトエリンはしどろもどろに答える騎士の手を指差す。口調はいつも通りに軽く、笑みを浮かべたままだけれど、その目は笑っていなかった。これは怒鳴られるよりも、ある意味効果てきめんだろう。

美形の冷笑を前にして、小心者たちは顔を青くする。

「こ、これは、この卑《いや》しい孤児が高貴な私たちに媚《こび》を売ろうと、勝手に淹《い》れただけです。命じたわけではありません！」

お茶を手にしていた小心者に、一口も飲んでいないコップを慌ててテーブルの上に戻す。

「それなら上に報告する必要はないな。よかったよ、ちゃんと君たちに確認して。でもさ、あまり長居してたら誤解されちゃうから、さっさと戻りな」

「はい！」

ルイトエリンは冷たい笑みを消し去り、優しく彼らの肩を叩いて退出を促す。私が思っていたのとは違う対応だった。

私への暴言など些細《ささい》なことだから見逃したのだ。寛大なのか、それとも余計な揉めごとを避けたいのか。

どちらにせよ、ルイトエリンの対応は彼ら寄りだ。

さっきまで顔色を失っていた小心者たちは「媚《こび》を売っている暇があるなら仕事をしろ、薬師」と偉そうなことを言ってくる。

第二騎士団の副団長が自分の味方だとわかったから、いい気になっているのだろう。今は勝ち誇ったように口角を上げて私を見ている。

……こんな顔は今までもたくさん見てきた。

馬鹿だな、私って……勝手に浮かれていた。

いつだって世の中は理不尽で不公平だった。それは今世だけではなく、前世でも同じ。

ルイトエリンたちとの旅が楽しかったから、距離が縮まったと自分に都合よく勘違いをしていた。

やっと見つけた薬師を逃がさないために、彼らはしっかり任務をこなしていただけ。

唇をきつく噛みしめ、ルイトエリンたちから目を逸らす。自分の両手の爪が痛いほど皮膚に食いこんでいく。

こんな目には嫌というほどあっていて慣れているはずなのに、まるで初めて経験したときのように胸が苦しかった。

その原因となっているルイトエリンたちをちらっと見ると、私ではなく小心者たちを見ていた。

彼らが守るべきは仲間である騎士なのだ。

「では、失礼します。ライカン副団長」

「喉《のど》が渇いていたんだろ？　もったいないからこれ飲んでいきなよ。大丈夫、ここで見たこと聞いたことは全部黙っているから。つまり、君たちは何も飲んでいない」

「ありがとうございます!!」

ルイトエリンはテーブルに置かれたお茶を自ら手渡す。その動きは素早くて、止める間もなかった。

あっ……、飲んじゃった。

小心者たちは一気に飲み干したあと、私を鼻で笑いながら薬草庫から出ていった。戸口付近に立っているテオドルは扉を閉めるとすぐさま口を開く。

「ルイト先輩、あれって確信犯ですよね？」

「ん？　彼らは何も飲んでいないってことになっているんだから、もし体調を崩したら自己管理ができていなかっただけのことだ。それにお茶は俺が手渡した。仮に何か混入していたとしても、犯人は俺だな。副団長の俺を告発する勇気があればだけどな。テオ、まさか文句があるのか？」

含み笑うルイトエリンに対し、テオドルは珍しく不服そうな表情をする。

「文句はないですけど、少々手緩《てぬる》いとは思いました」

「はっはは、俺って優しいからな」

思わず目を丸くする。彼らは私が何かを混ぜたことに気づいていたのだ。そのうえでルイトエリンは彼らにお茶を飲ませ、テオドルもそれを黙認した。

これではまるで、彼らが私の味方みたいではないか。平民で、孤児で、素顔さえ見せない私を守ってくれたみたいに思える。

また都合よく解釈しているのだろうか？

確かめたいけれど、怖い。期待してがっかりするのは、何度経験しても嫌だから。

「ヴィアちゃん、一応確認しておくけど、ヤツらは死なないよね？　別に死んでも惜しくないけど、その可能性があるなら前もって教えてね。俺が責任を持って立派な病死に仕立ててあげるから」

「……えっと、お腹を少し壊す程度です。どうして私が何かを入れているとわかったんですか？」

扉は開いたままだったから、小心者たちと私の会話は聞こえていたのだろう。

ただ、余分な薬草を混ぜたのは見えていなかったはずだ。仮に見えていたとしても、乾燥させた薬草なんて素人《しろうと》には判別できない。

「俺が知っているヴィアちゃんはあんなヤツらに媚《こび》を売ったりしない。だから、おいしそうなお茶を淹《い》れた意味を推測しただけ。見事に当たったのは、俺の深い愛のなせる業《わざ》だね」

軽すぎる口調で、これまた羽より軽い愛を語るルイトエリン。私が黙ったままでも気にせずに彼は言葉を続ける。

「それにしても、ヴィアちゃんって優しいね。俺だったら、絶対にもっとエグいことするな」

「実際に先輩はやりましたよね。以前、第二の平民出身の騎士を馬鹿にした第一のヤツらを、訓練にかこつけてボコボコに。それに比べたら、オリヴィアさんの意趣返《いしゅがえ》しはとても可愛いです」

何も言えず、ただ頭を下げて感謝を伝える。無条件で私の味方になってくれたことがうれしかった。

あの場で小心者たちを問いつめるのは簡単だっただろう。ただ、それをしたら私が逆恨みされる可能性が非常に高いから、ルイトエリンたちはこういう形で収めたのだ。

——私のために。

頬にほんの少し温かいものを感じ慌てて拭《ぬぐ》う。悔し涙は何度となく流してきたけれど、うれしくてなんて初めてだった。

同じ涙なのに、こんなに違うなんて知らなかったな……

「ヴィアちゃん、ごめんね。来るのが遅れて」

「オリヴィアさん、申し訳ありません。いろいろと面倒くさい報告がありまして」

「いいえ、私なら全然大丈夫です。自分で言うのもなんですけど、たくましいですから。でも、助けてくれてありがとうございました。ルイト様、テオ様」

黒い外套《がいとう》のお陰で泣いていることがバレずに済んで、私は胸を撫でおろす。弱いところは見せたくない。

「何かあったら我慢せず俺に言って、ヴィアちゃん。こう見えても俺は副団長で、侯爵令息という身分もある。守るって約束しただろ？」

甘えてもいいのだろうか。今まで自分のことは自分で守っていた。だから、他人から守られるのはとても変な感じだ。

軽い口調と軽薄な笑みなのに、なぜか安心する。

「えっと、……よろしくお願いします？　ルイト様」

「なんで疑問形なのかな。でも、頼ってもらえてうれしいよ」

甘え慣れておらずぎこちなく返すと、彼は目を細めて笑ってくれた。


翌日の夕方。

私は第二騎士団のルオガン団長に呼び出された。

彼は挨拶のときから感じがよく、もともと差別意識のない人のようだ。なんでも彼は平民同然の男爵家に生まれ、若い頃、理不尽な扱いを受け相当苦労したらしい。

それもあってか、私のことを何かと気にかけてくれていた。

団長の執務室に入ると、そこには彼だけでなくルイトエリンとテオドルもいた。

ルオガン団長は長身のルイトエリンより背が高く筋肉隆々でたくましい。かなり広い部屋なのに、彼らと一緒だと狭く感じた。なんだか暑苦しいなと思いながら、空いている椅子に座る。

するとルオガン団長が身を乗り出し、口を開く。

「単刀直入に言う。ここにいるライカン副団長と婚約してくれ」

「……ふぁ？」

真剣な顔でそう告げたルオガン団長に対して、私の口から出たのは間が抜けた返事だった。いくらなんでも言葉が足りないのではないだろうか。

「すみません、意味がわからないのですが」

「すまない、言葉が足りなかったな。婚約とは男と女が結婚の約束をすることだ、薬師殿」

「……それは知ってます」

至極真面目な顔で答えるルオガン団長。決して悪意があるとか、遠回しに何かを伝えようとしているのではない。

どうやらこの人は脳筋と言われる人種のようだ。

聞いたことはあるけれど、そういう人に実際に会ったのは初めてだったので戸惑ってしまう。これ以上わかりやすく質問できるだろうかと悩んでいると、団長が腰を浮かせて言った。

「それなら話は早いな。手続きはこちらで済ませるから、薬師殿は気にしないでくれ。話は以上だ、忙しいのに時間を取らせて悪かったな」

「えっ……」

辺境に派遣される日が迫っているので、団長が多忙なのは知っている。けれど、ちょっと待ってほしい。まさかこれで話が終わったなんて、嘘よね……

「団長、それでは説明になってません」

助け舟を出してくれたのはテオドルだった。

「そうか？」とルオガン団長が視線で問うので、私はブンブンと首を縦に振る。一を聞いて十を知る人はいるかもしれないが、団長の説明には「一」すらなかったので無理だ。

「ルオガン団長はできる男なのに、変なところが脳筋だからな」

ルイトエリンと珍しく意見が一致する。

「オリヴィアさん、団長が言葉足らずで大変失礼しました。団長に代わって脳筋でない僕が説明します」

「ぜひお願いします、テオ様」

失礼なことをさらりと言う部下を団長は咎《とが》めず、頭を掻きながら「テオドル、頼む」と笑う。

ルイトエリンたちは決して団長を軽んじているのではない。こんなふうに言えるのは、お互いに信頼しているからなのだろう。

第二騎士団が第一と決定的に違うのは、身分ではなくこの団長の存在が大きいのかもしれない。

そんなことを思っていると、真面目なテオドルがさっそく説明してくれる。

「この前のふたりの騎士を調べたら、最近パール侯爵家に頻繁に出入りしていました。たぶん、彼らを裏で操っていたのは聖女でしょう。と言っても状況証拠しかないので、現段階で打つ手なしです。しかし、このまま何もせずにいるのは危険と判断しました」

「危険とは物理的にですか？」

「その可能性があると思っています。残念ながらあのふたりのように侯爵家におもねる騎士がまた出てくるでしょう。ですから、あなたを貴族の婚約者という立場にしたいと思います。安易に手を出す者を一定数排除できますから。もちろん、期間限定の仮の婚約なので安心してください」

テオドルの説明は簡潔でわかりやすい。

「つまり、平民の私は虫けら同然なので、貴族の婚約者に格上げして予防線を張るということですね」

「身も蓋《ふた》もない言い方だね。でもその通りだよ、ヴィアちゃん」

団長も真剣な表情でうなずいているから、状況は私が思っている以上に厳しいのかもしれない。

いったい聖女は何がしたいのだろうかと疑問に思うものの、不安はそれほど感じなかった。彼らが絶対に守るという強い意志を宿した目をしていたからだ。彼らの判断なら信じられる。

「薬師殿、承知してもらえるか？　第二の騎士で未婚かつ恋人も婚約者もいない貴族は、ふたりだけでな」

「そのふたりのうち、仮の婚約者になってもいいと言ってくれたのはルイト様だけだったということですね？」

それはそうだろう、仮とはいえ黒い外套《がいとう》で顔を隠した怪しげな女と婚約するのは嫌なものだ。条件に合ったからと言って無理強いはできない。

ルイトエリンは自分の名前が出ると「仲良くやろうね、ヴィアちゃん」と片目をつぶって、軽く手を振ってくる。

彼はきっと連れてきた責任から引き受けてくれたのだろうが、私の中でルイトエリンの株が少しだけ上がる。……でも、ウィンクはいりません。

「僕も立候補しましたが、お役に立てずに残念です」

なんと、もうひとりの候補はテオドルだった。彼が本当に残念そうな口調で告げたので、思わず聞き返す。

「テオ様、それは社交辞令ですか？」

「まさか、違います。本当にそう思っています」

「本気にしますよ？」

「ええ、かまいません。オリヴィアさん」

テオドルは首をかしげている。なぜ私がしつこく聞いてきたのかわからないからだろう。

彼が嘘をついている感じはしない。嘘を突き通す理由はないから本音だろう。

それならと、守ってもらう立場で我儘《わがまま》を言うのもおこがましいが、一応希望を伝えてみることにした。

「ルオガン団長、チェンジをお願いしたいです」

「……ふぇっ⁉」

間が抜けた返事をしたのは、質問された団長ではなくルイトエリンだった。

世の中は美形に甘い傾向がある。きっとこの超絶美形は選ばれないということに慣れていないのだろう。

見た目よりも中身が大切と言ってもそれは建前で、現実は厳しいものだ。

「ち、ちょっと待って。えっと、まずは深呼吸して落ち着こう。ねっ、ヴィアちゃん」

いえいえ、落ち着くのはあなたです。

「深呼吸はルイト様がしたほうがいいですよ」

「そ、そうかな……」

狼狽《ろうばい》するルイトエリンは素直に二度三度深呼吸を繰り返す。

「ライカン副団長を拒むとは、なかなかおもしろいな。普通の女性なら喜んで承知するところだが、薬師殿は特別な感性を持っているようだ」

「私に極々普通です」

「いやいや、この顔を前にして平然としている女性は珍しいぞ。男ですら惑わす顔だと評判だからな」

「そうなると騎士団の秩序を保つのも大変ですね。お察しします、ルオガン団長」

男女だろうと男同士だろうと、ひとつの集団の中で色恋沙汰があると厄介だ。

うまくいっているときはいいけれど、そうじゃないときだってあるのが恋愛事情というものである。

「この苦労をわかってくれるか！　薬師殿」

「もちろんです、ルオガン団長」

ルオガン団長は豪快に笑いながら私の肩をバンッバンッと叩く。

ちょっと痛いけれど、仲間として接してくれているのだと思って平気なふりをする。下の者に対するこの距離感が、この人が慕われる要因のひとつでもあるのだろう。

和《なご》やかに会話を交わしていると、深呼吸を終えても全然落ち着いていない人物が割りこんでくる。

「いやいや、ふたりとも会話の流れがおかしいでしょ。もっと重要なことを話していたよね！　話を元に戻そうよ。それでチェンジってどういう意味？　ヴィアちゃん」

「ルイト様からテオ様に代えていただくということです」

「……それはわかってる。でもね、娼館《しょうかん》じゃないんだから、ねっ？」

そう言われても、私は娼館《しょうかん》を利用したことはないのでわからない。でも、どうやら娼館《しょうかん》では好みではないと別の人に変更できるみたいだ。いつ何時、役に立つかもしれないから、どんな知識だろうと持っていて損はない。私はこの流れに乗って質問してみる。

「ルイト様。ちなみに、娼館《しょうかん》では何回までチェンジ可能なんですか？」

「ちょっと待って、ヴィアちゃん！　さっきのは言葉のあやだから――」

「あっ、それと変更には追加料金は発生するんですか？」

ゴンッと、ルイトエリンが豪快に頭を机にぶつける。

「薬師殿、それは……」

「オリヴィアさん……」

ルオガン団長とテオドルは気まずそうに、私と突っ伏しているルイトエリンを交互に見てくる。

どうやら聞いてはいけないことだったようだ。

孤児院ではこういうことについては一切教えてくれないから、この手の話題はどこまで聞いていいのか加減が難しい。とりあえず「失礼しました」と頭を下げておく。

「なんで俺じゃだめ？　テオにあって俺に足りないものって何！」

おでこを赤くしたルイトエリンが叫ぶ。

「たぶん紳士的な対応です、ルイト先輩」

「そりゃ、真面目さだな」

「男女交際における道徳観です、ルイト様」

三人から次々とだめ出しをされて、彼はうなだれる。

私を守ろうとして立候補してくれたことには心から感謝している。でも、仮とはいえ、うまくお芝居したほうが周囲への牽制《けんせい》になるはずだ。私は彼とそれが可能だろうか……

『ルイト様、また誰彼かまわず口説《くど》いて！』

『はっはは、だって可愛い子がいたんだから仕方がないよ』

『あなたの行動は、たんぽぽの綿毛以上に軽すぎです！』

『でも、俺のことが好きだから婚約したんだろ？　ヴィアちゃん』

『嫌いです』

思わずお芝居を忘れてしまう自分しか想像できない。こんなやり取りを道中していたら、流石《さすが》にまずいんじゃないだろうか。予防線を自分たちで破壊しているようなものだ。

だが、真面目なテオドルとなら絶対にこうはならないと思う。

だからこそのチェンジ希望だ。

「テオ様、お願いしてもいいですか？」

「実はルイト先輩が選ばれたのには事情がありまして。恥ずかしながら僕の実家は貧乏子爵家なのでまったく牽制《けんせい》にならないんです」

なるほど、貴族の身分による事情を失念していた。聖女の後ろ盾は侯爵家だから、対抗するならルイトエリンのほうがいいのだろう。貴族だから誰でもいいというわけではないのだ。

「ごめんね、不誠実な男で……」

「こちらこそ事情も知らずに、我儘《わがまま》を言って申し訳ありませんでした。ルイト様」

「いいんだよ。でもね、ヴィアちゃん、そこは不誠実って言葉を否定してほしいな……」

ルイトエリンが子犬のような目をしながらお願いしてくる。

たぶん、女性はこの表情に絆《ほだ》されるのだろうけど、私には通用しない。本物の子犬のほうが断然可愛いし、寒い日に一緒に寝れば湯たんぽ代わりになって実用性もある。綺麗な顔だとしても、もふもふが足りないから出る幕なしだ。

「偽《いつわ》りの婚約、よろしくお願いします。ルイト様」

彼に向かって丁寧に挨拶をする。守ってもらう立場なのだから礼儀は大切だ。

「見事にスルーしたね……」

「嘘は嫌いなので、優しい嘘以外はつかないことにしています」

「俺にも優しくしてほしいな」

「必要ですか?」

「うん」

……面倒くさい。しかし、彼の善意に守られる立場だから、私が大人の対応をするべきだろう。

人間関係を円滑にするには多少の妥協は必要だ。

「ルイト様に言動が羽毛のごとく軽いですが、顔さえよければ不誠実でもかまわないという人は男女問わず大勢います。なので、たったひとりから突き放されたとしても、自信を失くす必要はありません。世の中は多数決で決まることがほとんどですから。なので、我が道を行けばいいと思います」

「……そ、そうかな」

「ただ、不特定多数の相手をする場合は病気に気をつけたほうがいいですよ。薬草が必要なときは遠慮なく言ってくださいね。お役に立てたら光栄です」

「………うん」

嘘はつかずに私なりに優しくしてみた。

彼はまた机に突っ伏し何やらブツブツとつぶやいている。

ルオガン団長が「元気出せ、そして少しは真面目になれ」と言っているので、彼のことは団長に任せることにしよう。

「テオ様、ルイト様は上位貴族ですよね。平民の私と婚約なんて、大丈夫なんですか？」

私はこの中で一番まともに答えてくれそうな人を見る。

この国では身分にかかわらず婚姻は認められる。

でも実際に貴族と平民が結婚したという話は滅多に聞かない。なぜなら貴族にとって結婚とは、個人ではなく家の問題でもあるからだ。

平民同士と違って、貴族が婚約する場合は届け出る必要がある。偽《いつわ》りとはいえ、表向きはしっかりと記録に残るのだ。

平民との婚約、そして解消。

それは汚点以外の何ものでもない。

ライカン侯爵家が認めるとは思えなかった。

「その点は大丈夫です。ルイト先輩は実家とは絶縁状態なので、婚約に関しても許可を取る必要はありません」

「そうですか」

それなら後々揉めることはなさそうだ。安心とばかりにうなずいていると、テオドルがじっと私を見つめていた。

「絶縁の理由を聞かないんですか？」

テオドルのいつも温和な眼差しが少しだけ鋭い。黒い外套《がいとう》に隠れた私が今どんな顔をしているのか、見極めようとしているかのようだ。

もしかすると把握しておいたほうがいいのかもしれない。辻褄《つじつま》を合わせるためにも、婚約者なら相手の事情を知っておくべきだろう。でも。

「テオ様には聞きませんよ。聞きたくなったら直接ルイト様に尋ねます。いいえ、それも違いますね。ルイト様が私のことを信頼して、話したくなる日がいつか来るかもしれません。そのときまで何も聞きません」

誰にだって秘密にしておきたいことはある。土足で踏みこむような真似はしたくないし、私もされたくない。

「オリヴィアさんらしい返事ですね」

テオドルの眼差しが見慣れたものに戻る。

「そうですか？　普通ですよ」

特別なことをしているつもりはない。

「それを普通だと言えるのがすごいです。ほとんどの人は興味を示します。他人の不幸は蜜《みつ》の味とばかりに。いいえ、今はそんなことはどうでもいいですね。オリヴィアさん、ルイト先輩のことを頼みます」

「はい、お任せください」

テオドルの真剣な口調につられ思わず即答してから、頼みますとはこの場合どういう意味だろうかと考える。

たぶん、婚約に関してだよね。それならあえて聞き返す必要はないと思っていると、ルオガン団長が机の上に婚約に関する書類を広げ始める。

あれ？　ルイト様はどこに……

机の上に突っ伏していたはずの彼は、いつの間にか床に転がっていた。

ルオガン団長に尋ねると、邪魔だったからどかしたと言う。団長は笑い方だけでなく、すべてにおいて豪快な人らしい。

すでにルイトエリンは署名を済ませていたようで、彼の名の隣に私も手早く自分の名を記す。これを提出したら婚約が成立するそうだ。

「ルイト様、期間限定の婚約者ですがよろしくお願いします」

「ヴィアちゃん、不誠実な婚約者だけどよろしくね……」

「不誠実はいりません」

と言いながらも、まだ落ちこんでいる彼が気になってしまう。私、言いすぎたかな……思ったよりも繊細な人なのかもしれないと案じると、押し殺した笑い声が聞こえてくる。

「でもさ、ヴィアちゃんは嘘は嫌いでしょ？」

「嫌いです」

心配して損をした。笑っていたのは床に転がったままのルイトエリンだった。

「うんうん、俺もそうだよ。気が合うな、俺たち。仲良くやっていこうね」

……合ってません！

「努力はしますが無理そうです。誰かさんのせいで！」

「あいかわらず正直で可愛いな。ヴィアちゃん、最高！」

彼は立ち上がると、転がったときに付いた汚れを笑いながら払う。

そうだ、彼はこういう人だった。不誠実な婚約者を見ながら、外套《がいとう》の下で私もふふっと笑ってしまう。

肩肘を張らない彼との会話に気が緩む。案外私たちはうまくやっていけるかもしれないと、ほんの少しだけ思った。

◆　◆　◆

寝ると必ずと言っていいほど悪夢にうなされる。

夢の中で俺――ルイトエリンは虚《うつ》ろな目をした父に殴られ続けるのだ。

『お前さえいなければ、お前さえ……なんで同じことを繰り返して俺を苦しめる。なんで、なんでなんだっ、アデリア！　愛しているのに……』

これは夢……だが、実際に六年前に体験したことだから俺の記憶でもある。

アデリアとは俺の母の名だ。

絶世の美女と称えられる人であったが、反吐《へど》が出るほど最低な人でもあった。男爵令嬢だった母は侯爵夫人になりたくて、取り巻きのひとりだった平凡な父の求婚を受け入れた。

当然だが、そこには一方的な父の愛しかなかった。

そんなふたりの間に息子である俺が生まれた。

『母上、お花をどうぞ』

『汚い手で触らないでちょうだい、ルイトエリン』

いつだって俺の手は振り払われた。彼女は母性なんてものを持ち合わせていなかったらしく、息子に関心がない人だった。

『ルイトエリン、こっちにおいで』

『はい、父上！』

その代わり父はいつだって優しかった。自由奔放に遊び回る母に対しては何も言えない人だったが、俺は穏やかな父が大好きだった。

そして、俺が六歳のときに母は離縁されて屋敷を出ていった。

原因は母の浮気だ。

友人という名の間男《まおとこ》を屋敷に招き入れ、夫婦の寝室でよろしくやっていたところを父に見られたのが決定打となったらしい。

俺は母がいなくなって寂しいとは思わなかったが、俺の出自を疑う周囲の心ない声に苦しんだ。

俺の容姿は母に生き写しだった。

漆黒の夜空に星を散らしたような珍しい瞳だけが母と違っていたが、父の瞳は茶色だった。子どもの頃は寝る前に『神様、どうか瞳の色を茶色にしてください！』と願い、朝起きて鏡を見てはがっかりしていた。

『……父上、僕は父上の子どもですよね？』

『お前は私の子どもだ。大切な私の子どもだ。誰がなんと言おうともな』

泣いてすがる俺に父は何度も繰り返してくれ、その力強い言葉に俺は救われた。

しかし、今ならわかる。

あの言葉は俺にではなく、疑問を抱いていた父が自分自身に向けたものだったのだろう。父と俺しか知らないが、母は屋敷を去る前に『たぶんその子、あなたの子じゃないわ』と捨て台詞《せりふ》を残していったから。

『あれはアデリアの嫌がらせだ。ルイトエリン、忘れるんだ。私も忘れるから……』

『……はい、父上』

母の自称友人のひとりに俺と同じ瞳の男がいた。珍しい瞳の色だが唯一無二というわけではない。ただ、偶然と言うには無理があった。

——最低な母親だ。

けれど、父は俺を息子だと信じてくれた。いや、必死で信じようとしたのだろう。そして、子どもだった俺はその愛情を素直に信じ、守られ、生きてきた。

それから五年後。周囲に勧められるまま父は再婚し、異母弟が生まれた。

義母となった人は俺と十二歳しか歳が離れていなかったから最初は戸惑った。でも生まれてきた異母弟は可愛かったし、何より大好きな父に幸せになってもらいたくて、義母と良好な関係を築こうと一生懸命に努力した。

『あの……、お花をどうぞ』

『ありがとう、ルイトエリン』

実母と違って義母は俺の手を払うことはなかった。俺はこの日から『義母上』と素直に呼べるようになった。

しかし、ライカン侯爵家にやっと訪れた幸せは、俺が十六歳になる直前に呆気なく崩れ去る。

ライカン侯爵家の嫡男は当主が健在なうちは、騎士として国に仕える慣習があった。それに則《のっと》り俺は学園卒業後は騎士団に入団し、家を出ることが決まっていた。

『ルイトエリン、寂しくなるわ』

卒業を一か月後に控えたある日、義母は俺を抱きしめ口づけしてきた。

それは家族のものとは違っていた。ただ、ただ、吐き気がした。抵抗しなかったのではなく、醜《みにく》い欲を吐き出す義母の姿が、嫌悪していた実母と重なって動けなかったのだ。

そのとき、扉が開いた。

『父上、義母上が――』

俺は助けを求めたが、父はいきなり俺を殴打し始めた。「アデリア」と叫びながら。

……血走った父の目に映っていたのは、自分の目の前で浮気をしたアデリア《実母》だった。裏切った義母にではなく、俺に実母を重ねたのだ。

どうして、どうしてですっ、父上……

優しかった父はずっと俺の出自を疑っていたのだろう。だが、それを認めてしまったら、すべてが崩れてしまうからひとりで抱えこみ苦しんでいた。

そして、目の前で二度繰り返された裏切りによって、父のなかでぎりぎり保っていた親子の絆が壊れてしまった。父にとって俺は息子ではなかったんだな、と思いながら俺は意識を手放した。

奇跡的に命をとりとめた俺は家に戻ることなく騎士団に入団した。

『ルイトエリン様、どうかお戻りになりませんように』

『わかっている。二度と父に会うつもりはない』

俺を見送る家令のこの言葉は、俺への優しさでもあり、侯爵家を守るためでもあった。

父は平凡だが穏やかで真面目な人だ。

俺さえいなければ、侯爵家の平穏は保たれる。

そのあと、父は離縁し以前の落ち着きを取り戻した。幸いにも異母弟は父に容姿と性格がそっくりで、可愛がられているという。

あの日以来侯爵家とは絶縁状態が続いている。必要があれば、家令とは連絡を取っているので異母弟の様子を聞くことはあるが、父とはひと言も話していない。会わないほうがお互いのためだ。

義母のことは心底憎んでいるが、父を憎いとは思えなかった。

平凡で善良な父をアデリアが食い物にし、俺という存在がその心を蝕《むしば》んだのは事実。

俺たち親子が父の幸せを壊した。もし離縁したときに俺のことを手放していたら、父は平穏に生きていただろう。

それに、優しかった昔の父のすべてが嘘ではなかった。いや、まだ信じたい自分がいるだけか……

世の中には父のように善良だが、心が弱い人はたくさんいる。俺の存在で、また誰かを不幸にするのは怖かった。

――人とちゃんと向き合ったことで誤解されるのなら、向き合わなければいい。

わざと軽い口調と軽薄な言動を繰り返した。人はそんな男を信用しないし、本気で相手にしない。

これで誰の運命も壊さずに済む。

俺はこういう人生を選んだことを後悔していない。

時間が経つにつれ、こういう生き方も性に合っている気がしていた。周囲も軽薄な俺に違和感を抱くことなく受け入れているから、たぶん本来の俺はこういう人間だったのだ。

もう昔の自分がどんなふうだったのか思い出すこともない。

軽薄な姿はもう演技ではなく本物になっていた。

実母にそっくりなのは、見た目だけでなく中身もだったと自嘲《じちょう》する日々だが、満足している。

六年間ずっと繰り返される悪夢にも慣れた……というか諦めていた。

だが、最近は悪夢が毎晩ではなくなっていることに気づく。

いつからだ……？　そうだ、オリヴィア・ホワイト――黒き薬師と出会った頃からだ。

綺麗な顔を隠し、黒い外套《がいとう》と手袋で不気味な姿を演出しているにもかかわらず、その前向きすぎる言動ですべてを打ち消す。だが、本人はそれにまったく気づいていない。

『黒き薬師っておもしろいな』

『不気味なのにファンになりそうだ。俺って変か？』

『いやいや、俺もそう思っているから大丈夫だ』

こんな会話が第二騎士団で交わされるようになっていた。第二の騎士たちが彼女に向ける感情はこの数日で確実に変化している。

彼女は不思議な人だ。

彼女との会話は楽しく、そばにいるのは気が楽だった。揺るぎない強さを持っている彼女ならば、何があっても人生を自分の力で歩いていくはずと思えるからだろう。

オリヴィア・ホワイト、君が俺の悪夢を取り除いているのだろうか。

その答えは、彼女が騎士団を去ったあとにわかるはずだ。

第三章　黒き薬師は随伴《ずいはん》する

とうとう騎士団と一緒に辺境に出発する日がやってきた。

出発前、遠征に赴く一行とそれを見送る者たちが一堂に会する。まずは、あの偉い人が壇上で今回の派遣の重要性について長々と話し、続いて第一の騎士団長、第二のルオガン団長、聖女も壇上に上がり、短く挨拶をした。

聖女の名前はロレンシア・パールだと知っていたが、何度挨拶しに行っても会えず、顔を見るのは今日が初めてだった。

『聖女様は多忙なため、残念ながらお会いすることはできません』

『では、いつなら大丈夫でしょうか？』

『明日の午前中ならば時間が空いてます』

お付きの侍女らしき人がそう言うので、翌日私は出直した。

『聖女様は体調が優れないので、お会いすることはできません』

『それは大変ですね。お大事になさってください』

聖女は治癒の力を持っているはずだからそれを自分に使えばいいのではと、喉《のど》まで出かかったけれど耐えた。そして翌日はまた多忙で、その翌々日は体調不良というのを何度か繰り返し、結局は今日まで会えなかったのだ。

……これは嫌がらせだな。あからさますぎるので誰だってわかる。薬師である私の存在がよほど気に入らないらしい。

ロレンシアは聖女に選ばれたくらいだから予想通り綺麗な人だった。淡いピンクの髪を縦ロールにし、装飾がたくさんついた華やかなドレスを身にまとっている。

……動きづらそうだな。立場上、あまりに貧相な格好は許されないのかもしれないけれど、どう見ても旅には不向きな服装だ。

このまますぐに出発することになっているので、着替える時間はない。あれでは疲れてしまうだろうと、私は壇上を見上げながら思う。

「ルイト様。聖女様はあの服装で平気なんですか？」

「うーん、大丈夫ではないだろうね。でも、言っても聞かないからいいんじゃないかな。あのゴテゴテ、本人の強い希望だからさ」

どうやらあの装いは、聖女の決まりではなかったようだ。

「重くはないんでしょうか？」

「そのぶん頭が軽いから大丈夫なんじゃない？」

「そういう人なんですか？」

「残念ながらね」

ルイトエリンにしては珍しく辛辣《しんらつ》な物言いだった。軽口を叩くけれど、悪口を言う人ではない彼がこう言うのだから、よほど厄介な人なんだろう。

まあ、だからこそ私がここにいるのだが……

隣に立っている彼とこそこそ話していると、私の名前が突然呼ばれる。

挨拶をする予定はなかったはずなので首をかしげると、偉い人は苛立った声で私の名を繰り返す。

どうやらこっちに来いと言っているようだ。

それに従い壇上に上がるが、偉い人は私と視線を合わせない。本当に嫌なヤツだ。

とりあえず挨拶すればいいんですよね？　と壇上にいる唯一の味方であるルオガン団長に視線で問うと、彼はうなずいてくれた。

「薬師のオリヴィア・ホワイトです。よろしくお願いします」

聖女のときと違って、第一騎士団からの拍手はまばらで、壇上の私を見ながら嘲笑《あざわら》ってる。彼らが負傷したときはとびきりしみる薬草で手当てしようと固く誓う。

彼らとの関係性は初日から変わっていない。

表向きはルイトエリンの婚約者となったので、直接手を出されることはないが、私に対する負の感情はそのまま持ち続けているようだ。

ルイトエリンは、第一騎士団の副団長――アルソート・ヤルダは公平な人だから、あの人が戻ってきたら、第一の騎士たちも少しはましになるはずと言っていたけど……なってませんから！

ヤルダ副団長は四十代後半で伯爵位を持っている上位貴族だが、身分で差別しない、いい人だと聞かされていた。

第一に挨拶に行ったときは不在だったので、その数日後に挨拶を済ませたのだが、最悪がもうひとり追加されただけ。今だって彼は腕を組みながら壇上の私を睨《にら》んでおり、これのどこが公平なんだと呆れてしまう。

その代わりと言ってはなんだが、第二の騎士たちからは盛大な拍手が上がる。彼らとの関係が日増しによくなっていると思うのは、私の気のせいではないようだ。

平民の騎士が多いから気さくなのもあるのだろうが、上に立つ者の器の差だなと実感していると、後ろから声をかけられた。

「初めまして、薬師様。やっと会えてうれしいですわ。名字が白なのに、烏《からす》のような黒い服装を好まれるのですね。よくお似合いです」

ロレンシアの言葉を受け、第二騎士団以外からどっと笑い声が上がった。烏《からす》は縁起の悪い鳥だと言われている。孤児だと差別し、さらに追加で見下してきたのだ。

二重の侮蔑《ぶべつ》を受け悔しくないのかといえば、自分でも驚くくらいなんとも思わなかった。

これまでは歯を食いしばり理不尽な扱いに耐えていたけれど、今黒い外套《がいとう》に隠れた私の顔は笑顔である。それは壇上から第二の騎士たちの表情が見えたから。

その顔に浮かんでいたのは憤《いきどお》りだった。

……あっ、私の味方がいる。

そう思ったら肩から力が抜けたのだ。自分の代わりに怒ってくれる人がいると、こんなにも気持ちに余裕ができるのだと初めて知る。

「よく言われます。では、お先に失礼し――」

「言うことはそれだけなの？　もっとほかに言いたいことがあるのではなくて！　遠慮せずに言っていいのですよ」

「お気遣いありがとうございます、聖女様。ですが私の挨拶は済みましたので、特にありません」

私は軽く会釈をして、足取り軽く壇上から降りていく。

言い返したら、彼女はこれ幸いと『そんなつもりではなかったのに……』とその場に崩れ落ち、私が偉い人から叱責されるように持っていっただろう。

貴族と平民では、いつだって分《ぶ》は前者にある。それを利用しようとした。悪知恵がぎゅうぎゅうに詰まった頭は重そうですと、あとでルイトエリンに教えてあげよう。

振り返って壇上にいる聖女を見上げると、何事もなかったかのように微笑んでいた。私に苛立っているだろうに、侯爵令嬢だけあって感情を隠すのが上手だ。

私ではあんなふうにはいかない。すごいなと純粋に感心していると、いつの間にかまるで私を守るように両隣にルイトエリンとテオドルが立ってる。

私は外套《がいとう》の下ではにかみながら軽く咳払いをした。口を開く前に、うわずりそうになる声を落ち着かせるためだ。

「聖女になるには身分は関係ないと聞いていましたが、性格も問わないのですか？　テオ様」

「うっ……、それは答えづらい質問です。返事を控えさせてもらっていいですか？　オリヴィアさん」

「もちろん、黙秘は自由です」

真面目で優しいテオドルらしい返事だった。困らせてしまって悪かったなと思っていると、すかさず反対隣にいるルイトエリンが口を挟んでくる。

「テオ。それってあの聖女の性格は最悪ですって答えているのと一緒だぞ」

「いや、えっと、そんな意味では……」

しどろもどろになるテオドル。わかっている、優しいから、最悪だと言えないのだ。

その点、ルイトエリンは容赦ない。今回は、その軽口がグッジョブです！

「それではどんな意味ですか？　テオ様」

「そうだ、そうだ。テオ、嘘はよくないぞー。ヴィアちゃんは嘘が嫌いなんだから、ねっ？」

「はい、嫌いです」

私とルイトエリンは同盟を組んで、テオドルを責めているわけではない。ルイトエリンは真面目な後輩を茶化して遊んでいるだけで、私はこの何気ない会話を大いに楽しんでいるだけ。

私たちはこんなふうに気安い会話を交わせるようになっていた。

——期間限定の関係だから、大切なものにはならない。一瞬だけ、今だけだ、……だから大丈夫。

会話をしながら、心の片隅でそうつぶやいている自分がいる。

貴族と平民、立ちはだかる身分の差。いくら彼らがいい人だとしても、それが高い壁だとわかっているからこそ私は安心できた。

大切なものはいらない、それだけは変わらない。

ほかのことに気を取られちょっとだけ黙っていると、ふたりが心配そうに私を見ていた。

「ヴィアちゃん？　やっぱり聖女のこと気にしてる？」

「オリヴィアさん、すみません。壇上に呼び出されることを想定していなかったのは僕の不手際でした」

「いいえ、大丈夫です！」

両手の手のひらを見せて振っていると、私の周りに大きな影ができる。

「黒き薬師様、大丈夫ですか？　第一のヤツらは俺らがあとで懲《こ》らしめておきますから」

「聖女様はちょっと無理ですが、そこは副団長に任せましょう」

「俺らは黒き薬師様の味方ですから！」

侮蔑《ぶべつ》された私を案じている第二の騎士たちが声をかけてくれる。

彼らとは、そこそこいい関係を築けていると思っていたけれど、想像以上で戸惑ってしまう。でも、うれしい。

「おーい、離れろ。ヴィアちゃんがびっくりしてるから。それに俺の婚約者だぞ」

ルイトエリンが彼らをシッシッと追い払うように手を振る。

「「ですが、ライカン副団長。俺たちの黒き薬師様でもあります！」」

「おいっ、そこうるさいぞ！」

第二の騎士たちの声が見事に重なって、偉い人から叱責を受ける。巻き添えで怒られるルオガン団長と共に頭を下げる私たち。

幸先《さいさき》のいいスタートとはいえないかもしれないけれど、私たちだけは笑っていた。

そんな私たちにみんなの注目が集まるなか、ふと私は壇上へ視線を向ける。ロレンシアが綺麗な笑みを浮かべたままこちらを見ていて、一瞬だけ外套《がいとう》越しに目があった気がした。

次の瞬間、私は鳥肌が立つ。どうしてだろうと黒衣の上から腕をさすり、また壇上を見上げると彼女はもう私を見ていなかった。……気のせいだったようだ。

出発式が終わると、まだひとりで馬に乗れない私は指定された馬車へ向かう。乗るのは三人だけと聞いていたので小さいものを想像していたけれど、なかなか立派なものが用意されていた。

これなら六人くらいは余裕で乗れるなと思いながら取っ手に手をかけるが、なぜか馬車の扉は開かない。ステップ台に乗ったまま扉を叩くと、馬車の窓が開き聖女付きの侍女が顔を出す。

「大変光栄なことに、私はロレンシア様から信頼され、かつ姉のように思っていただいています。

本来ならあなたのような存在が軽々しく声をかけていい相手ではありません。ですが、用件はなんでしょうか？」

侍女も聖女同様に面倒くさい人なんだなと嘆息する。

ルイトエリンからの情報によると、彼女はパール侯爵家と縁戚関係にある男爵令嬢で名はネミリといい、ロレンシアの侍女として長きにわたり仕えているらしい。

私は外套《がいとう》の下で思いっきり舌を出してから、扉を開けてくださいと丁寧にお願いする。

「申し訳ありませんが、馬車はとてもせまいので薬師様が乗る場所はありません」

そんな馬鹿なと窓から中を覗くと、余っているはずの座席にきらびやかなドレスが山のように積んである。……あれは余計だよね？

「荷物を減らせばいいのではないでしょうか？」

「必要最低限のものだけですので無理です」

そうして、馬車は私をその場に残して出発してしまった。

呆然としている私の前を、殿《しんがり》を務める第二騎士団が通りかかる。当然、ルオガン団長はどうしたのかと聞いてきた。

「置いてきぼりです」

「すまん、薬師殿」

「いいえ、ルオガン団長のせいではありませんから。もちろん、私のせいでもありませんけど」

全部あの聖女が悪い！　あ、侍女もね。

状況を把握した第二の騎士たちはみな同乗を申し出てくれた。私としては誰のお世話になってもよかったのだが、今の私は一応ルイトエリンの婚約者なので、彼の馬に乗せてもらうことに決まった。

彼は慣れた手つきで私を馬に引き上げてくれる。

「ご迷惑をおかけしてすみません、ルイト様」

「全然迷惑じゃないよ。それどころか役得だね。何かあっても、すぐに薬草で手当してもらえるから。ね、ヴィアちゃん」

「はい、もちろんです」

こうして私は第二騎士団と一緒に出発した。かえってよかったのかもしれない。聖女と一緒の馬車なんて、絶対に楽しくないから。


早いもので王都を旅立って一週間が経った。

大人数での移動にもかかわらず、行程はおおむね順調だった。鍛錬《たんれん》を積んでいる騎士団だからか、怪我《けが》人や重病人も出ておらず、薬師である私の出番は少なかった。

ネミリを通して、紺々とロレンシアの嫌がらせは続いていたけど、暴力的なものはないのでよしとしている。私を舐《な》めてもらっては困る。嫌がらせなど孤児院では日常茶飯事だったのだ。

ただ、私は反省する日々を過ごしている。

なぜかというと、乗せてもらっている身なのに、私は毎回ルイトエリンの前で熟睡しているからだ。最初はもちろん起きているけれど、彼の乗馬技術が優れているから、いつの間にか眠ってしまう。

それでも彼が不機嫌になることは決してない。慣れてないから疲れるのは当然と笑ってくれるが、それにしてもだ。こんなに自分が図々しい人間とは知らなかった。

この一週間で、私はさまざまなことに気づいた。

ルイトエリンはいつだってヘラヘラしているけれど、誰かを本気で不愉快にさせることは絶対にしない。それにやることはしっかりとやり、裏表がない。

だからこそ彼は第二の騎士たちから信頼され、ルオガン団長から副団長を任されているのだろう。

今日も馬の上で目覚めた私はまず謝り、それから彼とたわいもないことを話し始める。これが旅での日常になりつつある。

そんな私たちは周囲から見れば仲睦《なかむつ》まじい婚約者そのもの。侯爵子息を敵に回したくないのだろう、厄介な第一騎士団もすれ違いさまに嫌味を言ってくるだけに留まっている。

そんななか、第一の副団長だけはぶれなかった。

誰にはばかることなく私を目の敵《かたき》にしてくるのだ。

「ルイト様。ヤルダ副団長は私の顔を見ると、ここを去れとか、聖女がいるんだから君は必要ないとか言ってきます。もう耳にたこですよ！」

鬱憤《うっぷん》が溜まった私はルイトエリンに愚痴《ぐち》をこぼす。どうにかしてもらおうと考えているわけではなく、ただモヤモヤを吐き出したかったのだ。

「うーん、彼は聖女を信じていないはずなんだけどな。身分に忖度《そんたく》しない人だから、最初から薬師が必要だと主張していたんだ。現に、今も自分の部下が体調を崩しても、聖女のもとに行けとは言ってないはずだよ」

ルイトエリンの言葉を信じるなら、ヤルダ副団長は聖女の力を信じておらず、薬師を求めている。

それなのに唯一の薬師である私を追い出そうとしている。

そのうえ私以外には公平な人だとしたら、辿《たど》り着く答えはひとつしかない。

「つまり、ヤルダ副団長は私のことが生理的に無理なんですね……」

孤児という理由で差別されるのも腹立たしいけれど、生理的嫌悪のほうが地味に傷つく。

いつだって黒い外套《がいとう》だけど、ちゃんと洗っているのにな……

念のために袖を嗅いでみるけれど、薬草の匂いしかしない。貴族令嬢のように甘い香りではないが、不快ではないはずだ。

私がうなだれていると、ルイトエリンが顔を近づけて『いい香りだね。俺は好きだな』と言ってくる。そのさり気ない優しさに気持ちが少し上向く。

「誰しも好き嫌いはあるとは思うけど、彼は仕事に私情を持ち込む人じゃないんだよね。ヴィアちゃん、初対面のときに何かあった？」

「いいえ、普通に短い挨拶をしただけです」

彼に言われて思い返してみるが、失礼なことをした覚えはなかった。扉を叩いて『どうぞ』と言われてから部屋に入って挨拶をしただけ。あっちこそろくに返事もせず、失礼な態度だった。

「ヴィアちゃんの挨拶が素っ気なかったとしても、それで怒るような器の小さな人じゃないんだけどな」

「でも苛立っていましたよ。熊みたいに大柄な人ですけど、心の器は鼠《ねずみ》より小さいと思います」

あのとき、ヤルダ副団長は何かをつぶやいたあと、拒絶の意を示すように私に背を向けた。第一騎士団に入るには、性格の悪さも必要なんですね！　と個人的な見解を付け加えて、ルイトエリンに伝える。

「なんて言っていたか正確に教えて、ヴィアちゃん」

「小さな声だったので聞き取れませんでした」

「うーん、そうか……」

ルイトエリンは考えこむ。尊敬できる人だと以前言っていたから、尚更納得できないのだろう。彼の人を見る目を疑うわけではないけれど、些細《ささい》なことや周囲の影響を受け人は簡単に変わるものだ。前世の記憶がそれを教えてくれた。

「第一の騎士団長に感化されたのではないですか？　朱に交われば赤くなると言いますし。とりあえず、ヤルダ副団長のことはこれからじっくりと観察していきます」

対策を講じるには敵を知る必要があるとばかりに宣言する。もし聖女と裏で繋《つな》がっていたら要注意だ。

「うーん、なんかしっくりこないな。俺がそれとなくヤルダ副団長を探ってみるから、ヴィアちゃんは無理しないで。万が一にも危ない目にあったら大変だから。それに付きまとい《ストーカー》と間違えられて訴えられたら困るでしょ？」

心配してくれるのは伝わってくるが、不名誉な表現に頬が引きつる。

絶対にそれは嫌だ。私のことを嫌っている相手を追いかけ回しているなんて思われたくない。

私がうなずくと、彼は「素直な子にはご褒美だよ」と口に赤黒い実を放りこんだ。毒を盛ったりはしないはずだから素直に噛むと、口の中に甘酸っぱい味が広がった。

ほっぺたが落ちそうなほどおいしい！

「見た目は毒々しいけどおいしいだろ？　この森にだけ生《は》えている珍しい木苺《きいちご》なんだ。木に巻きついた蔓《つる》に実がなるから、馬に乗っていると取りやすい。子どもの頃は木に登って取っていたんだ」

「初めて知りました。ルイト様は子どもの頃、この森に遊びに来ていたのですか？」

「……この森は俺が育った屋敷からそんなに遠くないからね」

領地について知識がないのでピンと来ないが、ライカン侯爵家の領地がこの近くにあるのだろう。

彼の最後の言葉は淡々としていて懐かしむ口調ではなかったから、それ以上聞くのはやめた。家族の話題は話を広げやすいけれど、人によっては触れられたくない場合もある。

話題を変えようと「これ、お代わりありますか？」と尋ねると、彼は近くになっている実をもぎ取りヒョイッと口に入れてくれる。

「ヴィアちゃんは何も聞かないんだね。俺に興味なし？」

テオドルから実家と絶縁状態だと聞いているのに、どうして何も聞かないんだという顔をしている。いつもの軽口だったら「興味なしです！」と即答していた。

でも、いつもとは違うよね……

今、突き放すような言葉は言ってはいけない気がした。ただの勘だ。けれども、それが外れたとしても誰かを傷つけることはない。

私は外套《がいとう》を被ったまま彼を見上げる。

「超絶美形で、たんぽぽの綿毛並に言動が軽くて、男女問わずモテモテ。それに加え、仲間からは信頼され慕われ、怪しげな平民も差別しない。以上が私が知っているルイト様です。これ以上の情報が欲しいときは、自分の目でまた確かめます。だから聞きません」

「ヴィアちゃんらしい返事だね。興味がないと言わなかったってことは、多少は興味ありってことで、喜んでいいのかな？」

……うーん、それはどうだろうか。

「そこは喜ばなくていいですよ、ルイト様」

嘘はつかないでおく。

「いやいや、そこは喜ばせてよ！」

「いえ、ぬか喜びになるかもしれませんから」

「ぬか喜びでもいいのに〜。じゃあ、全然興味なし？」

目を細める彼はいつもの調子に戻っていた。勘を信じて正解だったんだと思う。

「えっと、……たぶんでしょうか？」

特別にはないと思う。見かけと中身の差異がちょっとだけ気になるときはあるけど、興味本位で尋ねるつもりはない。

「なんで返事に疑問符が付いてるの。まあ、それもヴィアちゃんらしくていいけどね」

彼の口からこらえきれない笑いが漏れ、その顔には柔らかい自然な笑みが浮かんでいる。

彼の笑みには違いがあることに、私は最近気がついた。いつだって彼は頬の筋肉をゆるめてヘラヘラしているけれど、子どもみたいに楽しそうに笑うときがあるのだ。

たぶん、こっちが彼の素顔。それなら軽薄な笑みを浮かべ続けるいつもの彼はなんだろうか。

あなたはいったい何を抱えているの……？

ほんの少しだけ、私は彼のことを知りたいと思い始めているのかもしれない。

しばらく移動したあと、馬を休ませるため休憩をとることになった。

木陰《こかげ》に繋《つな》いだ馬に水を与えていると、突然、唸《うな》り声のようなものが聞こえてくる。何ごとかと様子を見に行くと、すでに多くの騎士たちが集まっていて、その中心に第一の騎士がうずくまっていた。

私は彼に近づいて具合を確かめる。怪我《けが》をした様子もなく顔色も悪くないが、声をかけても彼は答えない。

そのとき、輪の中に誰かが入ってきて、うずくまっていた騎士が口を開く。

「うっ、う……、胸が苦しいんです。聖女様、どうかお助けくださいっ」

「お任せくださいませ。祈りを捧げますから、すぐに楽になりますわ」

ロレンシアが騎士の胸に綺麗な手をかざすと、あんなに苦しげだった声がぴたりと止まった。

「うぉ！　治りました、全然痛くありません！　聖女様、感謝いたします」

「また何かあったら遠慮なく来てくださいね」

「はい！」

奇跡を目の当たりにして、第一騎士団の騎士たちを中心に拍手が起こる。思わず私も手を叩いていた。性格は難ありでも、それとこれは別である。奇跡を起こせる聖女が本物ならば、それに越したことはない。苦しむ人を救う者は、ひとりよりもふたりいたほうがいいに決まっている。

そのあとも立て続けに第一の騎士が急病になり、ロレンシアはその都度奇跡を起こし喝采を浴びた。

……が、十中八九、仕込みだと気づくのに時間はかからなかった。

奇跡を目の当たりにした騎士たちは、打撲や切り傷の治癒をロレンシアに求めた。けれども『聖女様は体調が優れませんので』とネミリに全員追い返されてしまったのだ。

奇跡という茶番には事前の打ち合わせが必要なのだろう。私は拍手したことを心から後悔したのだが、それは私だけではなかったらしい。

休憩が終わる頃には、聖女の力を怪しんでいる者がほとんどで、その中には第一の騎士たちも大勢含まれていた。

旅の最初の頃、第一の騎士たちは体調を崩すと聖女のもとに行っていたらしいけれど、きっとこれからは私のところに顔を出すだろう。そのときは、悶絶《もんぜつ》するような苦い薬草を心を込めて調合しよう。

もちろん、第二の騎士たちには今まで通り飲みやすいものを渡す。どちらも効能に違いはないのだから問題ない。


その日の夕方、森を抜け宿泊予定の宿に着くと問題が発生した。二日前の落雷で宿の一棟が焼失し、全員が泊まれない状況だったのだ。

「連絡が行き違ってしまったようで申し訳ございません！　お疲れのところ大変恐縮ですが、半分ほどの騎士様たちは領主様のお屋敷に移動をお願いいたします」

宿の人たちは私たちの前で平謝りする。

「この土地の領主はたしかライカン侯爵だったな」

第一の騎士団長の口から領主の名前が出た。

物資の補充のため、ここで三日ほど滞在する予定なので先に進む選択肢はない。団長同士が話し合い、第一騎士団と聖女は宿に、第二騎士団と私は領主の屋敷――ルイトエリンが育ったところ――に泊まることになった。

日が沈みかけているので、第二騎士団は休む間もなく馬を走らせる。ルイトエリンは終始無言だった。

「……ルイト先輩」

横に並んだテオドルが馬上から声をかけるが、ルイトエリンは前を向いたまま。彼らしくない対応だ。

「テオ、そんな顔するな。俺は平気だ」

「ですが……先輩だけでも宿に残ったほうがいいと思います。ひとりぐらいなら――」

「これは任務だ。それ以上でもそれ以下でもない」

ルイトエリンは強引に話を終わらせる。そこに軽さはなく、何も言えなくなったテオドルとの間に緊張感が漂う。

事情を知らない第三者は立ち入らないほうがいいと、私は口を挟まずにいた。

しばらくするとルイトエリンが口を開いた。

「テオ、ありがとな」

「……はい」

テオドルは絞り出すように返事をすると、私たちが乗っている馬から静かに離れていく。

少しだけ振り返って様子を窺《うかが》うと、ルイトエリンは今まで一度も見せたことがない表情をしていて、胸が締めつけられる。

……誰であろうと、二度とそんな顔は見たくない。

そう思ったのは、たぶん前世と今の何かが重なったから。処刑される直前、前世の私は何かに向かって心の中で謝ることしかできなかった。

……でも、今は手を伸ばせる。

ルイトエリンが震えている小さな男の子に見えた。そんなはずないのに。彼は鍛えあげられた屈強な騎士で、今だって震えていない。

それなのに、気づいたら私は手を伸ばしていた。前世の私ができなかったことをするかのように。

そうしなければいけない気がしたのだ。

「ルイト様。大丈夫です、私がついてます」

私は懸命に手を伸ばしながら、彼の頭を優しく撫でる。なぜこんなことをしているのだろうと、自分に問いかけながら。

彼は目を見開き驚いている。

当然だ、私だって今の状況に驚いているのだ。お互いに同じ表情を浮かべて、顔を見合わせている。と言っても、フードがあるから彼に私の顔は見えないけれど。

「ヴィアちゃん、何してるの？」

「……さあ？　私は何をしているんでしょうか？　手が勝手に動いていました。触れてしまってごめんなさい、ルイト様」

私は彼の頭に触れていた手をゆっくりと戻してから、温もりが残るその手をじっと見つめて首をかしげる。彼の視線も私の手に注がれていた。

「……ありがとう、ヴィアちゃん」

子どもではないのだから、異性の体に許可なく触れるのは礼儀に反する行為だ。

私が謝ると、彼は片手で顔を覆いながら礼を告げてくる。その声はかすかに震えている気がしたけど、彼はもう小さな男の子には見えなかった。……どうしてだろう。

「触っていいですか？」

これは前世とは関係なく、今の私が紡いだ言葉。変な言い方だけど、移った温もりを彼に返してあげたかった。この温もりが必要なのは彼のほうだと思うから。

「……ありがと……う」

この礼はたぶん触ってもかまわないという意味だ。本人の許可が取れたので、私は彼の頭にまた手を伸ばす。ふたりとも何も話さないけれど、その沈黙は不思議なほど心地よかった。

それから何ごともなかったかのように馬に揺られていると、前を向いている私に彼が声をかけてくる。

「もし弟に会ったらだけど、あの子の前ではヴィアって呼んでもいいかな？　ちゃん付けだとなんか軽薄な感じだから」

ルイトエリンに母親が違う弟がいると耳にしたことはあったけど、彼の口から聞いたのは初めてだった。兄として格好つけたい気持ちは理解できる。

「かまいませんよ、ルイト様」

「ありがとう、ヴィア」

「さっそく練習ですね。受けて立ちます、ルイト様」

「……いや、受けて立たなくていいからね」

私が快諾したあとは口調から軽さが幾分削られている。よほど異母弟のことを大切に思っているのだろう。

子どもは周囲の環境から影響を受けるものだ。だから親は我が子に悪影響を及ぼすのを回避しようと、必死になって自分を偽《いつわ》ったりする。今の彼のように。

――優しい嘘は温かいから嫌いじゃない。

宿から一時間ほどでライカン侯爵家の屋敷に到着した。この人数を泊められるのかと心配していたが、杞憂だった。貴族と平民の家の認識の違いを痛感する。

屋敷に入ると、出迎えた侍女に案内され長い廊下を歩いていく。侯爵家だからお金は相当費やされているのだろうけど、それを強調しない落ち着いた装飾にセンスのよさが窺《うかが》える。

そんなことを思いながら、通された広間で領主を待つ。

扉が開く音がして、立派な身なりをした壮年の男性が入ってきた。

「ライカン副団長と似てないんだな」

「俺、超絶美形の家系なんだと思っていた……」

「鳶《とび》から鷹《たか》ってヤツだな。いや、鷹《たか》じゃなくて不死鳥《ふしちょう》か」

数人の騎士が声を落として話している。

鳶《とび》から不死鳥《ふしちょう》なんて聞いたことないが、言いたいことは十分すぎるほど理解できた。ライカン侯爵を貶《けな》しているのではなく、ルイトエリンの美貌が人外レベルだと言いたいのだ。

親子だからルイトエリンに似ているだろうと思っていたけれど、ライカン侯爵は落ち着いた風貌だ。

ルイトエリンが侯爵家と絶縁状態なのは周知の事実だった。理由こそ明かしてないが、本人もそれを隠そうとはしていないらしい。

周囲は放蕩《ほうとう》息子だから見限られたとか、侯爵家を継ぐのを嫡男なのに拒んでいるとか勝手に噂《うわさ》をしている。

平民の騎士たちがひそひそと話をするのをたしなめたのはテオドルだった。

「あの人はライカン侯爵ではなく、侯爵家に仕えている家令です」

「「「……っ……!!」」」

その言葉に驚いているのは私と平民の騎士たちだけだった。

貴族出身の騎士たちは家令の身なりが上等でも、仕えている者のそれだと判別できていたのだろう。でも平民の感覚ではそれがわからない。家令さん、立派すぎです……

家令は私たちの前に立つと使用人らしく深々と頭を下げる。

「みなさま、お待ちしておりました。我が主人であるライカン侯爵は多忙のため挨拶を控えさせていただきます。ですが、みなさまのことは歓迎しておりますので、その点は誤解なきようお願い申し上げます。滞在中何か不便なことがございましたら、遠慮なくお申しつけください」

「私は第二騎士団団長のルオガンだ。急な要請を受け入れてくださり感謝する。ライカン侯爵にもよろしく伝えてほしい」

「かしこまりました、ルオガン様。では、早速お部屋にご案内いたします。一室を三名ほどで使っていただくので手狭かと思いますが、ご了承くださいませ」

家令は手狭だと言っていたが、私が住んでいた森のボロ小屋よりは絶対に広そうだ。

横巨でルイトエリンを見ると、腕を組んだままいつものように壁にもたれかかっている。生まれ育った屋敷を懐かしんでいるふうではなく、これは任務だと主張しているかのようだ。

なんだかかたくなな感じだな。

テオドルは不安そうな顔で、ちらちらとルイトエリンを見ている。その視線にルイトエリンは確実に気づいているだろうけど無視している。

ほかの騎士たちはというと、遊びに来た訳ではないから余計なことには首を突っこまないという態度だった。

挨拶が済むと、控えていた侍女に案内されて騎士たちが順番に広間から出ていく。唯一の女性である私が最後に残る形となる。

「大変お待たせいたしました、薬師様。ご案内いたします」

「はい、よろしくお願いします」

案内をしてくれる侍女もまた、家令同様丁寧な対応だ。使用人たちが素晴らしいのは、ライカン侯爵が立派な人だからだろうなと思いながら、彼女のあとに続く。

「お久しぶりです、ルイトエリン様」

「ああ……、六年ぶりだな」

広間から出ようとするとき、うやうやしくルイトエリンに声をかける家令の姿が見えた。

◆　◆　◆

オリヴィアがいなくなると同時に扉が閉まり、広間にいるのは俺――ルイトエリンと家令だけになる。

必要があれば連絡を取っていたが、直接会うのは六年ぶりだ。歳を重ねた変化はあれど、彼の見た目はそれほど変わっていない。

俺はその事実に安堵《あんど》する。それはライカン侯爵家がうまくいっている証でもあるからだ。もし何かあったならば、その苦悩が彼の容貌に刻まれているはず。それがないということは、異母弟も健やかに育っているということだ。

家令からの手紙には心配は無用と書いてあった。その言葉を疑っていたわけではないが、こうして実際に確認できると安心した。

「戻ってこないと約束しておきながらすまないな」

仮病を使って宿に留まることだってできたが、公私混同はしたくなかった。

「……あのときは出すぎたことを申し上げました、ルイトエリン様」

「いや、あれは最善だった」

そうだ、あれしか選択肢はなかった。

今、ライカン侯爵家が平穏なのは俺というカッコウの雛《ひな》がいないからだ。

異母弟も十歳になり、あと八年すれば成人する。この国では嫡男以外を跡継ぎに据える場合、成人してからでないと手続きができない。

遥か昔、上位貴族は複数の妻を持つのが当たり前で、跡継ぎの座を巡って嫡男が幼少期に命を落とすことも多かった。今は一夫一婦制になっているが、嫡男を守ろうという法が残っているのだ。現実に沿わない法でも遵守《じゅんしゅ》しなければならない。

八年後に俺を廃嫡して異母弟を正式に跡継ぎにすれば、ライカン侯爵家は完全に正しい形になる。そうしたら、父はもう二度と壊れることはないだろう。

「三日間だけだ。父上には会わないから安心してくれ。父上だって俺に会いたくないから、顔を出さなかったんだろ？」

「いえ、ご多忙で――」

「誤魔化《ごまか》さなくていい」

真面目な父は誰に対しても礼を失する振る舞いをしない人だ。それなのにこの場に顔を出さないとは、そういうことだ。

六年ぶりの再会を覚悟して緊張していた自分が馬鹿みたいだ。その必要はなかった。

あの優しい人を壊してしまうほど自分は厭《いと》われていて、それは今もまったく変わっていない。俺に父上と呼ばれるのすら嫌だろう。

俺だって六年経っても、あのとき感じた恐怖と絶望を忘れやしない。

父を前にしても『父上』とは呼べない気がする。

――一生会わないほうがいい。

書類上は親子だが、その絆は父の犠牲の上に成り立っていたもの。子どもだった俺にとっては本物だったが、父にとっては幻《まぼろし》だった。

その事実を身を以て知ったのは六年前の俺自身だ。

「ルイトエリン様のお部屋は元のままです。そちらをお使いになりますか？」

「いや、第二の騎士たちと同じ扱いでいい。あくまでも、ここでの滞在は任務だ」

「かしこまりました。……ありがとうございます、ルイトエリン様」

てっきり父が命じて部屋など残っていないと思っていたから、まだあるのは驚きだった。

家令が自分の部屋を使うかと尋ねたのは、形だけのことだったのだろう。俺が断り、内心ほっとしているのが伝わってくる。

彼は波風立つことなく滞在期間が終わることを願っているはずだ。こうしてわざわざ話しかけてきたのも、その確認のためだったのだろう。

これが彼の仕事だ。不快には思わないし、むしろありがたい。

――あのときだってこの家令がいたから、父は俺を殺さずに済んだ。

家令との話が済むと、俺は割り当てられた客間に足早に向かった。十六歳になる直前まで住んでいた屋敷なので案内は必要ない。

すると、ドンッと勢いよく後ろから抱きつかれた。

「兄上っ!?　ルイトエリン兄上ですよね！」

俺を兄と呼ぶのはひとりしかいない、異母弟だ。

六年ぶりに会う彼は見違えるほど大きくなっていた。背だけでなく声も顔立ちも変化していたが、一目でケイルートだとわかった。

小さい頃から父に似ていたが、成長してますます似てきている。毛先が少し波打っている髪、落ち着いた茶色の瞳、優しそうな顔立ち、片側の頬にだけ浮かぶえくぼ、柔らかい声音、そのどれもが父から譲り受けたものだ。

——俺が持っていないもの。

母は違えど、どちらも最低な女から生まれたのは同じ。それなのに、俺とケイルートの人生には天と地ほどの差がある。

片方は父に守られ、片方は憎まれている。

……なんで俺だけ……

俺は父の子ではないのだからその差は当然だが、自分の心の中に醜《みにく》い思いがじわじわと湧き出てくる。決して彼に向けたものではないが、このままでは傷つけてしまいそうだ。

醜悪《しゅうあく》な思いを必死に振り払おうとするが、そんな俺を嘲笑《あざわら》うかのようにそれは居座り続ける。

自分の心なのにままならない。

こんなふうに壊れたのだろうかと、あのときの父の姿が頭を過《よぎ》る。

なんと言い訳してこの場から立ち去ろうかと考えていると、「兄上!」と明るい声がして、下を見ると彼の笑顔が俺の目に映る。

――俺がこの子を傷つけるなんてありえない。

「兄上、ずっとお会いしたかったです！　いつも贈り物ありがとうございます、全部大切に使っています。それから、それから――」

ケイルートは俺にしがみついて離れない。まるでそうしないと、俺が消えてしまうと思っているかのようだ。

俺が六年前突然屋敷からいなくなり、そのあと一度だって会いに来なかったからだろう。歳は離れていたが仲のいい兄弟だったのに、その絆を俺は一方的に断ち切った。

家令を通して誕生日や節目に贈り物と短い手紙だけは送っていたが、……それだけだった。ずっと帰ってこない兄の顔なんて忘れていると思っていたのに。

「ケイルート、よく俺がわかったな」

俺は昔のように、彼の頭をくしゃっと撫でる。

「だって兄上は全然変わっていません。綺麗で格好よくて、僕の自慢の兄上です！」

ケイルートが指差す先には家族の肖像画が飾られていた。八年前に描かれたもので、家族四人が幸せそうに微笑んでいる絵。……まだ外してないんだな。

家令によると、父はケイルートに『兄は騎士の仕事が忙しくて帰ってこられない』と話しているらしい。また、離縁の理由も性格の不一致だと伝え、年に数回母親と面会させているようだ。

きっと父はあの女に余計なことは話すなと釘を刺して面会を許しているのだろう。あの女だって口が裂けても、義理の息子に欲情したという真実を我が子に言えるわけがない。

すべては何も知らない異母弟への配慮だ。

ケイルートにとっては、あんな女でもよき母で、憎い俺も唯一の兄。在りし日の優しい世界をこの子から奪わないようにしているのだ。

俺だって異母弟は何も知らず、このまままっすぐ育ってほしいと願っている。何より、汚れた自分を知られたくない。

彼は俺の体にしがみつくのをやめると、目一杯背伸びして宣言する。

「僕もいつか兄上みたいに立派な騎士になります！」

俺に会えて無邪気に喜ぶケイルートの姿は、父の愛情を信じていた子どもの頃の俺と重なる。俺は二度とこんなふうには笑えない。

「頑張れよ、ケイルート」

「はい、兄上！　僕、一生懸命頑張ります」

俺はケイルートが四歳だったときと同じように抱き上げて頬ずりした。

彼は「もう赤ちゃんではありません！」と照れていたが、俺に抱きついたままだった。

翌日からケイルートは時間さえあれば、鍛錬《たんれん》している騎士団のもとに顔を出すようになる。誰かに止められている様子もないから、父も家令も三日間だけならと黙認しているのだろう。

六年ぶりに会えた兄に会うなと言うほうが不自然だ。

三日間だけだとしても、また兄として接することができるのは喜びでしかなかった。ケイルートがあの女に少しでも似ていたら、違っていたかもしれないが。

……父似の彼をうらやましいと思っている俺はもういなかった。

体が鈍らないように仲間の騎士たちと剣を交えていると、ケイルートが「兄上ー！」と手を振りながら走ってきた。危ないので近づきすぎないようにと伝えると、少し離れたところで足を止める。聞き分けがいいところは変わっていない。

ケイルートは俺がまだ手を離せないとわかったのだろう。近くにいたオリヴィアに自分から話しかけていた。

初日にオリヴィアのことを俺の婚約者だと紹介したら、目を丸くして驚いていた。まあ、あの怪しい見た目だから当然だろう。だが『えっと、あの……、いえ、なんでもないです。兄上が選んだ人ですから、僕、仲良くします！』と頑張っている。

本当にいい子に育った。

それにしてもふたりとも楽しそうだ。時折「兄上が……」とか「ルイト様は……」なんて言葉が聞こえてくるから、共通の話題である俺のことで話が弾んでいるのかもしれない。

ケイルートは俺のために、オリヴィアは幼いケイルートのために、少しずつ距離を縮めている。

そんな微笑ましい彼らに頬が自然と緩む。
三日間だけだとしても、ほのぼのとした幸せがそこにはある。
その温かさは紛れもなく本物で、俺は宿に留まらずにここに来てよかったと思えた。

第四章　黒き薬師と招かれざる客人

「うんうん、今日もすごく可愛い。子どもの無邪気な笑顔には癒されるな」

「俺の弟は天使だろ？」

騎士たちと遊んでいるケイルートを見ながらひとりで悶《もだ》えていると、隣から声が聞こえてくる。隣を見ると、いつの間に来たのか、額にうっすらと汗をかいたルイトエリンがいた。

水分補給に来た彼は、薬草水が入ったコップを一気に飲み干す。まだ喉《のど》が渇いているようだったので、私は空いたコップに薬草水を注いだ。

この薬草入りの水は私が考案したもので疲労回復効果がある。少しだけ薬草の香りがするが、味は普通の水と変わらないので第二の騎士たちからは疲れが取れると好評だ。

どうでもいいことだが、第一の騎士たちは貧乏くさいと言って飲まない。……別にいいけど。

「ええ、天使そのものですね。ルイト様の弟とは思えません」

「まずはお代わりありがとう。そして、前半の台詞《せりふ》はいいとして、後半はどういう意味かな？」

ルイトエリンは苦笑いしながら尋ねてくる。

彼らは異母兄弟だと言っていたから、それを気にしての質問かもしれないが、断じてそういう意味ではない。

「ケイルート様の言動には軽さが一切ありません。ルイト様は蝶のように舞い、蜂のように刺し、綿毛のようにすべてが軽いですから」

蝶のようにうんぬんは剣術への評価で、綿毛うんぬんは私生活全般を指し示している。我ながらうまく表現できたなと思っていると、くくっと楽しげに彼が声を立てる。

「褒められているのか、貶《けな》されているのか、微妙な気持ちになる回答だ」

「そういう場合は、自分にとって心地よい言葉のみを心に留めておけばいいですよ」

「それは正論だ。でも、言った本人がそれ言う？　あっははは」

……そう言われたらそうだ。

「でも、弟を褒めてくれてありがとう、ヴィア。兄としてうれしいよ」

ルイトエリンが弟を心から愛しているのが伝わってくる。彼は優しい兄なのだろう。

新たに知った彼の一面は、これ以上ないくらいに素敵だった。

意地悪な聖女も厄介な第一騎士団もいない三日間は楽しくて、あっという間に過ぎていく。

滞在最終日となる三日目。

ケイルートが大好きな兄と一緒に過ごすお茶の時間に私まで招いてくれた。『将来、義姉上《あねうえ》になるのですから』と言われて心苦しくもあったけれど、ルイトエリンも是非と言ってくれたので、図々しくもお邪魔することにしたのである。

屋敷の中にある応接室のひとつで私たちは向かい合って座っていた。

侍女はお茶を淹《い》れると、私たちを残して部屋から出ていく。私がくつろげるようにとルイトエリンが気を遣って退出させたのだが、その配慮はとてもありがたかった。

ライカン侯爵家で働いている人たちはみな感じのいい人ばかりだけど、かしずかれることに慣れていない私は、そばで控えられていると落ち着かない。

「オリヴィアさん、紅茶は口に合いますか？　お菓子はどれがお好きですか？」

「すごくおいしい紅茶ですね。薔薇の香りがするものを初めて飲みました。甘いお菓子はどれも大好きです」

「じゃあ、全部食べてみてください。足りなかったら、侍女に頼んで持ってきてもらいますから遠慮しないでくださいね」

「ありがとうございます、ケイルート様」

ケイルートは自ら私の皿にお菓子を盛ってくれる。一生懸命にもてなそうとする小さな紳士に、ルイトエリンと私はふたりして頬をゆるめる。うんうん、いい子だな。

「兄上もどうぞ」

「ありがとう、ケイルート」

ケイルートはお菓子を載せた皿を兄に渡しながら、私のほうをちらっと見る。何か聞きたいことがありそうな顔だ。

しかし、彼はもじもじとして聞くのをためらっている。

「ケイルート様、聞きたいことがあったらなんでも聞いてくださいね」

「あの……、本当にいいですか？」

「もちろんです。子どもが遠慮なんてしちゃだめですよ」

子どもに聞かれて困ることはない。任せなさいとばかりに胸を叩いて見せる。

「はい！　では、オリヴィアさんは兄上のどんなところが好きなんですか？」

「えっ!?　ゴホッ、ゴホッ……」

予想していなかった質問にむせてしまう。

私とルイトエリンの婚約は身分差があるため、政略では無理があった。なので表向きは相思相愛となっている。

ケイルートに騎士団の誰かが話したのだろう。余計なことを耳に入れたのは、誰ですか！　と心の中で叫ぶ。

助け舟を求めてルイトエリンを見ると、笑いをこらえながら「ヴィア、遠慮しないで答えていいからな」と告げてきた。

どう見てもこの状況を大いに楽しんでいる。他人事だと思ってますね！　とキィッと睨《にら》んでみたけれど、黒い外套《がいとう》を被っているせいで効果なしだ。

ケイルートは目をキラキラさせて私の言葉を待っている。こんな純粋な子をがっかりさせることなど誰もできやしない。

「えっと……、優しくて仲間を大切にするところに惹かれました」

「兄上は昔からそうでした。家族も大切にする人なんです！　あっ、ごめんなさい。お話の邪魔をしてしまって。オリヴィアさん、続きをどうぞ」

「……続き……ですか？」

「はい、続きをお願いします」

「……そ、そうですね。責任感があって困っている人を絶対に見捨てないところにも惹かれました」

「そうなんです！　兄上は昔から誰に対しても優しくて立派な人でした。で？」

「……えっ？」

可愛い天使はなかなか手厳しい。

笑顔という武器を使って無自覚に圧をかけてくる。将来立派な文官になること間違いなしだ……ええい、ままよ！

「私はルイト様のすべてが好きです。性格も、たくましい体も、綺麗な顔も、なんなら脱いだ靴下だって嗅げると思います！」

「さすがは兄上の選んだ人です。オリヴィアさんは人を見る目がありますね！」

百点満点の回答だったらしい。

兄を褒められて、はしゃぐケイルートはとても可愛かった。顔から火が出るほど恥ずかしかったけれど、勇気を出してよかったと思う。

それに告げた言葉は嘘ではなかった。ただ、それが恋愛感情と繋《つな》がっていないというだけ。

続いて、なぜか聞かれてもいないのにルイトエリンが話し出す。

「俺はヴィアのまっすぐなところが好きだな。権力に媚《こ》びたりせずに、ちゃんとその人自身を見て判断する。しっかりしているのに、ちょっと抜けているところも可愛い」

「兄上、それはどういうところですか？」

いえいえ、抜けてはいませんよと、私が否定する間もなく会話が進んでいく。

「ヴィアはな、馬に乗ると俺の腕の中ですぐ寝るんだ。そして必ず寝言を言う。その内容はほとんど食べ物のことだ。もうお腹がいっぱいですとか、お代わりありますか？　とかな。たまに開いた口に木の実とか入れると、寝たまま食べるぞ。すごく可愛いだろ？」

「さすが兄上の心を射止めた女性です。滅多にお目にかかれません」

……ええ、寝たまま食べる人は滅多にいませんね。

「ケイルートもヴィアみたいに素敵な女性を見つけろよ」

「はい、頑張ります！」

仲睦《なかむつ》まじい兄弟の会話によって私の心がえぐられていく。

もし実際に見ることができたら、まるで鼠《ねずみ》に齧《かじ》られたチーズのようになっているはずだ。……穴があったら入りたいな。

そうだ、たった今、心に開いた穴に入ろうか。なんて馬鹿なことを思いながら、私は乾いた声で笑う。

「それにヴィアは――」

「ルイト様、ちょっと待ってください！」

兄弟の会話を邪魔したくなかったけれど、これ以上の羞恥《しゅうち》には耐えられない。私は彼の口元を両手で覆い、声が出せないようにする。

騎士の彼なら私を排除するのは簡単だろうけど、されるがままになって笑っている。

「焦っているヴィアも可愛いな」

「可愛くなんてありません！　こっちは必死ですからね」

「一生懸命なヴィアもいいね」

「もう黙ってください。それ以上喋ったらルイト様限定の薬草水を出しますよ」

「……ぷっ」

こらえきれず吹き出すルイトエリン。

「はい、（苦い薬草水）決定です」

「ヴィア、異議ありだ」

「却下します、ルイト様」

私たちのくだらないやり取りを止めたのはケイルートの笑い声だった。ケラケラと子ども特有の高い声が部屋に響く。

つられるように私たちもおかしくなって笑う。

そのとき、廊下から何やら声が聞こえてきた。

「お待ちください！　勝手をされては困ります！」と必死に止める男性の声がだんだんと近づいてくる。

「なんだろう？　僕、ちょっと見てきます」

「俺が確認するからお前はここにいろ」

ルイトエリンは立ち上がると扉のほうへ歩いていく。するとノックの音が聞こえたと同時に勢いよく扉が開いた。

扉の前に立つ女性を見るやいなや、ケイルートは走り出してその胸に飛びこむ。

「母上！」

「ケイルート、会いたかったわ。……それにルイトエリンも」

ライカン侯爵は二度離縁していると聞いていた。突然現れたこの女性は離縁して別々に暮らしているケイルートの母親で、ルイトエリンの育ての母だろう。

優しそうな人だ。少しふくよかだけれど、女性特有の柔らかさの延長線上であってマイナス要因とはなっていない。我が子へ向ける眼差しには愛情が溢《あふ》れていて、よき母そのものといった印象だ。

彼女は我が子をきつく抱きしめながら、目を潤《うる》ませてルイトエリンを見つめている。産んでなくとも愛情を注いで育てれば、本物の親子のような絆が生まれるものだ。

あれ？　でも……

ルイトエリンは黙ったまま微動だにしない。後ろ姿なのでその表情は私からは見えないけれど、呆然と立ち尽くしている感じだ。

それに先ほど聞こえてきた声の主だろう、扉のそばで佇む家令の様子も変だ。この訪問は予定外だったのかもしれないけれど、それだけであんな冷たい視線を向けるだろうか。

離縁したとはいえ、元女主人に向ける眼差しとは思えない。

ケイルートは母の訪問を無邪気に喜んでおり、この微妙な空気に気づいていない。

込み入った事情があるなら他人である私はこの場から去るべきだろうかと考えていると、ケイルートの弾んだ声が部屋に響く。

「母上、今日はどうしたんですか。お約束の日はまだまだ先ですよね？」

「ケイルートに会いたくなったから来てしまったの。もしかして、お邪魔だったかしら？」

「いいえ、そんなことありません！　いつだって母上の訪問は大歓迎です。今、兄上たちとお茶を飲んでいたんですよ。母上も一緒にどうですか？」

無邪気に母を誘うケイルート。兄がいて、母まで来て、うれしくて仕方がないといった様子だ。

「マリアンヌ様、許可なく勝手なことをなさっては困ります。本日は面会日ではございませんので、早々にお引取りくださいませ」

親子の和《なご》やかな会話に割って入ったのは家令だった。丁寧な口調だけど、さっさと帰れとなかなか辛辣《しんらつ》なことを言っている。あの冷たい眼差しといい、深い事情があるようだ。

「でも、母上はせっかく来てくれたのに……」

「これは旦那様がお決めになり、マリアンヌ様が受け入れられたことでございます。ケイルート様もご理解ください」

「うん……」

ケイルートは悲しそうな顔をしながらうなずく。子どもだから我儘《わがまま》を言ってもおかしくない状況だが、父であるライカン侯爵がしっかりと教育しているのだろう、ケイルートは我慢ができた。

けれども、マリアンヌは立ち去ろうとしない。

「私は一緒にお茶を飲みたいけれど、だめみたいだわ。ごめんなさいね、ケイルート」

「母上……」

彼女はひざまずいてケイルートと目線の高さを合わせる。寂しそうな自分の顔が我が子によく見えるようにしているかのようだった。

考えすぎかもしれないけど、そう感じてしまったのは、彼女の言葉が引っかかったからだ。

……ずるい言い方だな。約束を守らない自分が悪いのに、遠回しに家令を悪者にした。

こんな言い方をしたら、優しいケイルートがどんな行動に出るかなんて、母親なら容易に想像できるはず。

彼女は自分を慕っている息子を動かして、この状況を変えようとしている。ずる賢いのか、無意識なのかはわからないけれど。

ケイルートの母親だとしても関わりたくない部類の人間だ。よき母という第一印象は私の中で呆気なく崩れる。

「僕が責任を持つから、母上はここにいてください。父上にはあとで僕から話しておくから、ダウドは下がって」

「ですが——」

「いいから、下がって！」

「……かしこまりました、ケイルート様。ただ、報告はすぐにさせていただきます」

案の定、ケイルートは母を思いやって動いた。

当主の息子から二度も命じられたら、家令は引き下がるしかないのだろう。彼は無言のままのルイトエリンを案じるように見つめながら扉を閉めた。

「ごめんなさい、ケイルート。こんなつもりじゃなかったのに……」

「わかってます、母上。僕が母上にいてもらいたかっただけだから気にしないでください」

「ケイルートは本当に優しい子ね」

仲のいい親子の会話が聞こえてくる。十歳のケイルートはまったく悪くない。

でも、すごく気分が悪かった。息子と一緒にいたい気持ちは理解できても、その方法がいけ好かない。

どんどん彼女に対する印象は悪くなっていく。

「さあ、母上、一緒にお茶を飲みましょう。兄上も」

彼は片手に母、もう片方の手で兄の手を引っ張り、私がいるところへ戻ってきた。ルイトエリンはうつむいていて、その表情はわからない。

でもケイルートの母親の顔はしっかりと見えた。

一見すると聖母のごとく慈愛に満ちた顔、でもその瞳の奥にはどろどろしたものがあった。

この目を私は知っている。

孤児院にいるとき『おじさんの養女にならないか?』と言ってくる不埒《ふらち》な輩《やから》にあんな目を幾度となく向けられた。

あれは子へ向ける愛情なんかではない、ただの情欲。

――吐き気がした。

彼女は我が子に会いたかったから来たと言っていた。それが本心だったなら、あんな目でルイトエリンを見るなんておかしい。

今日来た目的は、たぶん彼だ。

第二騎士団がここに滞在していることは秘密でもなんでもない。彼女はどこかで耳にして急いで駆けつけてきたのだろう。我が子を操ってまで必死になって残ろうとしたのは自分の欲を満たすため。

ルイトエリンの反応からして、マリアンヌに欲をぶつけられたのは今日が初めてじゃないと思う。

そういう類《たぐい》の経験をすると、心に嫌悪や恐怖が刻みこまれる。それは大人になっても薄れることはなく、その相手を前にすると思い出したくない記憶が鮮明に蘇《よみがえ》るのだ。

彼はいつだって笑みを絶やさない人なのに、私の隣に戻ってきた彼の顔からは笑みが消えていた。

……辛いよね、ルイト様。

この苦しみは味わった者しかわからない。

「初めまして。ルイトエリン様と婚約しております、オリヴィア・ホワイトと申します。騎士団では黒き薬師と呼ばれております。どうかお見知りおきくださいませ」

込み入った事情なんて私は知らない。でも、ここに留まるべきだと、立ち上がって自己紹介をした。

マリアンヌはにっこりと微笑みながら「こちらこそよろしくね」と軽く聞き流す。

彼女の笑みは余裕の表れ。私を取るに足りない存在と認識したのだろう。近くにいるルイトエリンから片時も目を離さない。

まだ我慢、我慢と心のなかでブツブツと唱えながら、笑顔を返す代わりにペコッと会釈する。……ムカつく。

四人とも椅子に座ると和《なご》やかなお茶会がまた始まる。

会話の中心はケイルートで、私に気を遣いながらも、母と一緒に懐かしい話題で盛り上がっていた。

「兄上と母上が揃うなんて本当に久しぶりですね！　なんだか昔に戻ったみたいでうれしいな」

「本当ね。ケイルートがそんなに喜ぶのなら、またこうして三人で会いたいものだわ」

「でも、兄上はお忙しいですから……」

「ええ、ルイトエリンに迷惑はかけられないわね。でも、私たちが王都に出向けばいいのではないかしら？」

「母上、それは名案です！　ねっ、兄上」

「そうだな、ケイルート」

マリアンヌはよき母の顔をしながら、さり気なく次に繋《つな》げようとする。我が子を出《だし》に使うなんて汚いやり方だ。

母の思惑なんて知るよしもないケイルートを前にして、ルイトエリンは笑顔と穏やかな口調で、優しい兄を完璧に演じる。弟を心から大切に思っているから、義母への嫌悪など微塵《みじん》もあらわにせず、マリアンヌと当たり障りなく話している。

しかし、膝の上に置かれた彼の拳《こぶし》はきつく握りしめられ血の気を失っていた。胸中を思うといたたまれない気持ちになる。

私は逸《はや》る気持ちを抑えながらお茶を手に取る。少しだけ飲むと、もう完全に冷めていておいしくない。

……うん、これならもう大丈夫。

マリアンヌとケイルートは長椅子に並んで座っており、コントロールを誤ればふたりとも濡れてしまう。それではだめだ、私が濡らしたいのはひとりだけ。

私は少しだけ身を乗り出し細心の注意を払って、手に持っているお茶を浴びせる。

――バシャンッ。

突然のことで避けようがなく、ケイルートはびしょ濡れになった。

「ごめんなさい、ケイルート様。手が滑ってしまって……」

「全然平気です、オリヴィアさん。熱くはないので気にしないでください」

私が故意にやったとは思っていないだろうが、それでもケイルートは本当にいい子だ。必要なことだったとはいえ、やはり良心が痛む。正直マリアンヌに熱々のお茶を頭からかけたいところだ。

「ケイルート、大丈夫？　まったく平民はこれだから嫌なのよ」

彼女は本音を漏らしながら私を睨《にら》みつける。我が子にお茶をかけられたのだから、私に怒りを向けるのは母として当然だ。

「母上、僕は大丈夫ですから、そんな言い方はしないでください。オリヴィアさんは兄上の大切な人ですから」

「……ええ、わかったわ」

彼女はそれ以上私を責めなかった。我が子の前ではよき母でいたいのだろう。

ケイルートが濡れてしまった服を着替えるために部屋を出ていくと、この場には三人だけとなる。

最初に口を開いたのはマリアンヌだった。

「ルイトエリン、会えなくて本当に寂しかったのよ。それにしても、誰かさんのせいでせっかくのお茶会が台なしだわ。あんなに濡れてしまって、かわいそうなケイルート。風邪を引かないか心配だわ」

本当に心配だったら、付き添って部屋を出ていったはずだ。

この人なりに我が子を愛しているのだろうが、その愛情は軽いようだ。だから、母であることよりも女であることを優先している。

我が子がいなくなったからだろう、マリアンヌは先ほどよりも甘い口調になっていた。返事をしないルイトエリンを気にもせず、欲を浮かべた眼差しを彼に遠慮なく向けている。

――この人、大嫌いだ。

可愛いケイルートはここにいない、だから私はもう我慢はしない。

「気持ち悪いですね」

「卑《いや》しい孤児だから、お菓子を食べすぎたのかしら？」

自分に向けられた言葉だと思っていないのだろう、彼女はテーブルに置かれたお菓子の山と私を交互に見ながら、せせら笑っている。

そうよ、私を見なさい。そんな汚い目でルイト様を見ないで！

もうあのいやらしい眼差しを彼に向けさせない。

絶対に私から目を離せないようにしてみせる。私は黒い外套《がいとう》の下で彼女をきつく睨《にら》みつける。

「その目、私を養女にして好き放題しようと企んでいた助平爺《すけべじじい》とまったく同じです。情欲を押しつけようとするなんて醜悪《しゅうあく》で吐き気がします」

「まぁ！　ルイトエリンは私を慕ってくれていたの。あのときは彼の父親に邪魔されたけれど、もう離縁しているから自由よ」

彼女は勝手なことばかり言っている。まるでふたりが相思相愛の関係だったみたいではないか。

……違う、ぜんぜん違う！

あのときがなんなのかわからないし、聞く必要もない。でも、ルイトエリンを見ると同意なんてひと欠片もなかったと断言できる。彼に何をしたのよっ、おばさん！

欲に塗れた大人はいつだって勝手だ。

愛想がないと『チッ、これだから孤児は……』と蔑《さげす》まれ、礼儀として笑いかけると『オリヴィアちゃん、誘ったよね？』と勝手なことを言って迫ってくる。

だんだんと撃退する術を身につけたけれど、最初の頃は本当に恐ろしかった。

子どもと大人は対等なんかじゃない。だから、大人は子どもを全力で守らなくてはいけないのに、この人は守るどころか情欲の対象にして傷つけた。

どんな理由があろうと絶対に許せない。

……たぶん彼は誰にも守ってもらえなかった。

それなら、今、大人になった彼を私が守る。

昔、負った心の傷を塞ぐことはできないけれど、それでも私は今の彼を守りたい。

「義理とはいえ、息子だった彼に欲情するなんて最低です！　ましてや、それを隠すことなく実際にぶつけるなんて地獄に堕《お》ちろですよ！　あなたみたいな人を世間ではこう呼びます、色ボケばばあ！」

「……！」

目を吊り上げたマリアンヌは口をパクパクさせている。怒り心頭で言葉すら出てこないようだ。

直後、パンッと乾いた音が鳴り、被っていた外套《がいとう》が脱げてしまう。まさか手を出してくるとは思わなかった。

貴族女性は淑女教育を受けているから暴力に訴えないと思っていたけど、そんなことはないらしい。淑女教育って全然意味ない。

「ヴィア、大丈夫か！」

「平気です、ルイト様。外套《がいとう》を被っていたのでそれほど痛くはありません」

立ち上がって私を守ろうとする彼を視線で止める。かなり痛かったから、もしかしたら頬が赤くなっているかもしれない。

でも、この戦いに彼の出番はない。

大人しく守られていてください！

気迫がこもった眼差しでそう告げるが、彼は素直に従ってくれない。仕方がないので、助平爺《すけべじじい》撃退のために習得した得意の足払いを中腰の彼にしかける。

「ヴィア？」

まったく効かないので思いっきり体当たりをしてみた。

なのに、びくともしない。「もういい加減に座ってください！」と本気で怒ったら渋々座ってくれた。最初からこうすればよかった、打たれた頬よりも足がじんじんと痛む。

「だが――」

「でもも南瓜もなしです！　売られた喧嘩は私のもの。大金を積まれても売ったりはしませんので引っこんでいてください」

ビシッと告げる姿は迫力満点で、我ながら決まったと思った。

「ヴィア」

「しつこいですよ、ルイト様。言いたいことがあったらひと言だけにしてください。でも、止めても無駄ですよ」

鼻息荒くそう告げた私に、彼は微妙な顔を向けてくる。

「南瓜じゃなくてヘチマだ」

「……。……同じウリ科ということで、南瓜でもかまわないとかありますか？」

だめもとで聞いてみた。

「ヴィア。ヘチマだ」

「……了解です」

ずっと南瓜だと信じて十八年間生きてきたけど、それも今日が最後だ。

この気の抜けた会話で張りつめていた雰囲気が少しゆるんでしまう。マリアンヌを追いつめようとしていたのに。

でも、ルイトエリンといつものような会話を交わせたことで少し安心する。彼は私と話しているとき、少しだけ表情が柔らかくなっていたから。

ん？　そう言えば、何も言われなかったな……

そう思いながら、頭を触ってみるがやはり外套《がいとう》は脱げたままだった。

私の素顔を見るのは初めてなのに、彼は全然驚いていなかった。普通は何かしら言うだろう。私の容姿はありがたくないことに注目されてきた。

ああそうか、彼は超絶美形な自分の顔を見慣れているから、私の容姿なんて目と鼻と口があるくらいにしか思わなかったのだ。

ポンッと手を打ち納得していると、顔を強張らせて私の顔を凝視《ぎょうし》しているマリアンヌがいた。黒い外套《がいとう》で隠しているから醜女《しこめ》だと思っていたが、予想外の顔が現れ、自分が上なのは身分だけと知ってしまったというところか。この容姿に生まれて得したことは一度もなかったけれど、初めてよかったと思う。ふんっ、ざまぁみろです！

「あなたなんて潰《つぶ》してやるわ、謝っても許さない。孤児の分際で子爵家の者に逆らったことを後悔させてあげる。一生怯えて暮らしなさい」

凄んでくるマリアンヌは、ぞっとするほど醜《みにく》い表情をしていて、よき母の面影なんて微塵《みじん》も残っていない。

ケイルートがこの場にいなくて本当によかった。こんな母の裏の顔は知らなくていい。

「私は騎士団のお抱え薬師です。この意味、わかってますか？」

「ふんっ、薬師なんて掃いて捨てるほどいるわよ」

「その通りです。ですが、私は是非にと望まれ、この役目を引き受けました。黒き薬師といえば、知る人ぞ知る薬師なんですよ」

意味ありげにふふと笑ってみせると、彼女は焦りの色を見せ始める。

部外者は騎士団の事情なんて知らないと思っていたが、やはりそのようだ。それならこのまま盛っていけばいい。

「国の中枢、つまり王家から信頼されて選ばれました。そんな薬師は掃いて捨てるほどいませんよ

ね？　だからでしょうか、騎士たちは私のことを大変に尊重してくれます。第一騎士団の副団長なんて暇さえあれば私に声をかけてくるほどで……ふふ、困っています。ちなみに彼は伯爵です。たしか子爵よりも上ですよね？」

マリアンヌはわなわなと震え始める。

王家の信頼なんてあるかどうかは不明だ……たぶんない。そして、第一の副団長は私に毎回嫌味を言うだけ。でも彼女はそんな事情を知らないから、盛大に想像をふくらませているのだろう。

よし、仕上げだ。

「私の後ろには王家と騎士団がついています。ご存知だとは思いますが、騎士団の貴族は第一の副団長だけではないですよ。あっ、それに私はルイト様の婚約者なので未来の侯爵夫人です。私は記憶力がいいので侮辱《ぶじょく》されたことを一生忘れません。一生怯えて暮らすのはいったい誰でしょうか。ね？　マリアンヌ様」

私は極上の笑みを浮かべ、優しい声音でそう告げる。怒声を浴びせるよりも効果ありだ。

「……っ……、いえ、さっきのは戯言《ざれごと》で」

「もしかして貴族の言葉遊びですか？」

「え、ええ、そうです！　その通りですわ」

彼女の顔に喜色が浮かぶ。

「でしたら、平民である私には通じませんね」

「そんな……」

その場に崩れ落ちるマリアンヌを冷たい目で見る。

私は蜘蛛《くも》の糸を垂らしておきながら、彼女がそれにすがったら容赦なく切った。ただ落ちるよりも、上げてから叩き落とされたほうがダメージは大きい。

義母に情欲を向けられた。ルイトエリンにとってその過去は大きすぎる。

──私は彼女をただ傷つけたかった。

彼女の更生なんてひと欠片も望んでいない。自分が思っている以上に、私は残酷な人間なのかもしれない。

「体調が優れないようですからケイルート様を待たずに帰られたほうがいいですよ」

我が子を傷つける真似はしないだろうが、彼女は動揺しているから念のために釘を刺しておく。

ケイルートはがっかりするだろうけど仕方がない。

「……ご、ご心配ありがとぅ……ございます」

顔色を失ったマリアンヌはふらふらと覚束《おぼつか》ない足取りで部屋から出ていく。

……たぶん、もう平気。

彼女みたいに身分を笠に着る人は、自分よりも立場が上だと思った者には逆らわない。嘘をついたのは主義に反するけれど、この場で決着をつけたかった。

二度とルイトエリンの前に彼女が顔を出さないようにとどめを刺したかったのだ。

扉が閉まるとルイトエリンが私に声をかけてきた。

「ヴィア、巻きこんですまない」

「いえ、ただあの人が個人的に気に入らなかっただけですから。それと、未来の侯爵夫人とかは話の流れで盛っただけです。狙ってなどいませんので安心してくださいね、ルイト様」

盛った部分はそこだけではないけれど、まあ、王家うんぬんは忘れてほしい。

彼は苦笑いしてから、何も聞かないんだなとつぶやく。

それはとても小さな声だったから、私に尋ねているのか、独り言なのかわからなかった。でも、彼は私を見つめている。

「話したいなら聞きますけど、そうじゃないなら聞きませんよ」

たぶん、彼は知られたくないと思っている。

自分は悪くないとわかっていても、ああいうことを誰かに話すには勇気がいる。いや、勇気とかそういう問題ではないのかもしれない。私だって詳しいことなんて誰にも話せていないのだから。

言う必要なんてない。

消えない傷の癒し方に正解なんてない。

私が彼の目を見て答えると、彼はゆっくりと顔を伏せる。

「……あのとき、俺は誰かにあの女を罵《ののし》ってほしかった。自分では言えなかった。……情けないよな」

「ルイト様は情けなくないです。あんな色ボケばばあは、誰から見ても恐怖でしかありません」

彼は『あのとき』がどんな状況で、何があったかは話さない。ただ気持ちを吐き出していく。

「……俺の何がいけなかったのかな……」

「何も悪くありません」

「……。……そうかな……」

「そうですよ」

こういうとき、うまく寄り添う方法なんて今世では学べなかった。

でも、前世の記憶が教えてくれる。私が落ちこんでいたとき、父が大きな手で背中を撫でてくれ、母はただそばにいてくれた。

自分には味方がいると思えることが、とても大事だ。

だから私は薬草の香りが染みついた手で、彼の大きな背中をそっと撫でた。彼は「気持ちがいいもんだな」とうつむいたままつぶやく。

私は何も言わずに撫で続けた。

しばしの沈黙のあと、彼の声音に少しだけ明るさが戻る。

「色ボケばばあか……ヴィアはうまいこと言うな」

「助平爺《すけべじじい》の女性版ですね」

「その助平爺《すけべじじい》、殺してやりたいな……」

彼から殺気を感じる。彼も私の過去を聞いてこないけど、マリアンヌと私の会話から察しているのだろう。

「ばったり再会したときにはお願いしたいです。ただ面倒事は困るので穏便な方法でお願いします」

私の口から思わず本音が出てしまう。

「ああ、事故に偽装する」

「自然死は難しいですかね？」

万が一にも捕まるなんてごめんだ。助平爺《すけべじじい》たちにそんな価値はない。

「……贅沢《ぜいたく》だな、ヴィア」

「ルイト様でも難しいですか？　なんでも器用にこなすのに」

「……俺は薬師じゃないからな」

ふたりで物騒な会話をしているのに、なんだか楽しくなってくるから不思議だ。

彼も同じように感じていたようで、くぐもった笑い声が聞こえてくる。でも、顔は上げないままだった。聞こえていた笑い声が徐々にかすれていき、大きな肩が小刻みに揺れる。

そのあとに聞こえてきたのは、かすかな嗚咽《おえつ》。

彼が泣いているのではない。きっと子どもだったルイトエリンが心の奥から出てきて、大人になった彼の体を使って、ひとりで抱えてきた感情を吐き出しているのだ。

——ずっと、ずっと耐えていた。

私は気づかないふりをして、記憶にある子守唄をいつの間にか口ずさんでいた。

優しい時間が流れていく。

歌い終わると、彼は顔を上げて柔らかく笑っていた。たぶん、子どもだった彼はもういない。

「ヴィア、音程が外れているぞ」

「……音痴《おんち》なのは知ってます」

歌は好きだけど、前世でも今世でも下手だ。

彼はちょっとだけ意地悪な笑みを浮かべる。

「今度一緒に練習するか？」

「……結構です」

いつものルイトエリンに戻っていたから、私も笑いながら答えた。彼はもう大丈夫だ。

ケイルートが戻ってくる前に、と私が外套《がいとう》を被り直そうとすると彼に止められる。

「それ、もう意味ないよ。第二のヤツらはみんなヴィアの素顔を見てるしな」

「それはどういうことですか？　ルイト様」

私が黒い外套《がいとう》を脱いでいるのはお風呂のときだけだ。もし覗きをしているということなら……全員あの世に送る！　最初に逝くのは目の前にいるルイトエリンで決定だ。

「ヴィア、ちょっと落ち着け。なんか目がすごく怖いぞ。勘違いするな、誰も不埒《ふらち》なことなんてしてないから！」

「では、どういうことですか！」

疑いの眼差しを向ける私に、彼は説明してくれた。

私が馬上で寝ているとき、風に煽《あお》られて外套《がいとう》のフードが外れることが何度もあったそうだ。第二の騎士たちは並走しているので、みんな私の素顔を目にしたという。

……そういえば、起きているときに、風に飛ばされないように外套《がいとう》を押さえたことが何度もあった。彼の説明には納得したけれど、疑問は残る。

それなら、どうして誰も素顔を見たことを言ってこなかったのだろうか。

私がなぜだと目で訴えると、ルイトエリンが察して口を開く。

「もう外套《がいとう》はいらないよってみんな言おうとしたんだが、団長に止められたんだ。それを言ったら、涎《よだれ》を垂らしている顔を見たと言うのも同然だ。女性に恥をかかせるもんじゃないってさ」

ルオガン団長は本物の紳士だ。

でも大切なところが間違っている。念のため本当に涎《よだれ》を垂らしていたか聞いたら、ルイトエリンは「いつも」と真面目な顔で答えた。

「……なぜ起こしてくれなかったんですか」

「とても気持ちよさそうに寝ていたから。涎《よだれ》はいつも拭いてあげてたぞ」

誰も悪くない、みんな気遣ってくれただけだ。

でも……なぜこっそり起こしてくれなかったのか！　せめて一回目に教えてくれたら、第二の騎士全員に間抜けな寝顔を晒《さら》さずに済んだのに。

落ちこむ私の背中を、今度はルイトエリンがさすってくれる。お腹を片手で抱えて笑いながらだけど。

でも、そのお陰でなんとか立ち直れた。この軽さが意図してなのか、ただおかしいからなのかは微妙なところだ。

「ありがとうございます？　ルイト様」

「こちらこそだよ、ヴィア」

疑問符付きの言葉に彼は優しく答えると、真剣な目で私を見てきた。

「もし嫌な思いをしたら、いや、そんな目に遭わせるつもりはないけど。何かあったら言ってくれ。ヴィアのことは俺が守るから」

力強い口調に少しだけドキッとしたのは、きっとヴィア呼びだからだろう。まるで本物の婚約者同士のようだ。

「はい、ルイト様」

照れくさかったけど私の声は弾んでいた。

こうして私は怪しげな薬師を意図せず卒業することになったのだった。

第五章　黒き薬師とその天敵

三日間の滞在を終え、第二騎士団は第一騎士団と合流するべく宿へ移動する。私はいつものようにルイトエリンの馬に同乗していた。

ライカン侯爵家の屋敷を去るとき、ケイルートと多くの使用人たちが見送ってくれたが、その中にライカン侯爵の姿はなかった。『多忙なため申し訳ございません』と家令がルオガン団長に頭を下げていたから、侯爵という立場は想像できないほど大変なのかもしれない。

「ヴィア、これ食べるか？」

彼の手には馬上からもぎ取ったであろう新鮮なリコの実があった。この実は大好物で、栄養満点のうえ、味も食感もいい。ただ、すぐに熟して落ちてしまうため、なかなかお目にかかれないのだ。

「はい！」と元気よく口を開けると、ヒョイッと実が投げこまれる。

「おいしいか？　ヴィア」

「はい、とっても」

「もっと食べるか？」

私が目を輝かせてうなずくと、彼はにこにこしながら私の口にまた実を入れてくる。

ヴィア呼びは三日間限定だったはずだけど、なぜか続いていた。たぶん、婚約者という設定にしっくりあっているから続けているのだろう。不満はないのでそのままにしている。

冷たい風が直接頰に当たって気持ちがいい。今まで黒い外套《がいとう》をしっかりと被っており暑苦しくて仕方がなかったけど、今はそれがないから開放感がすごい。

気づけば周りに、第二の騎士たちが馬が驚かない適度な距離を保ちつつ集まっていた。

「なんだか副団長は餌付《えづ》けしているみたいですねー」

「違いますよ」

ひとりの騎士が茶化してきたので、私は真顔で否定した。

「オリヴィアさんは食べるのが好きなんですね」

「食はすべての基本です、テオ様」

「だからヴィアは寝てても器用に食べるんだな」

「ルイト様が口に入れるからですよ！」

「あーん、て寝言で言うからだぞ」

「言ってません」

断言してから、心の中で「たぶん」と付け足しておく。もし言っていたとしても、これで嘘をついたことにはならないよね？

「言ってるぞ、ヴィア」

「でも、私は聞いたことありませんよ」

彼が声を出さずに笑っているのが、支えるために私のお腹に回している腕から伝わってくる。

「寝ているからな」

「……ですね」

並走している第二の騎士たちは、私たちの会話を聞きながら楽しそうに笑う。

私の素顔に関して何か言ってくる者は誰ひとりいない。いつもとまったく同じ態度で拍子抜けするほどだ。出発する前に嘘をついていたことはみんなに謝ったが、団長の『別に誰かを傷つけたわけじゃないから気にするな』のひと言で終わった。

この容姿で嫌な思いをたくさんしてきた私にとって、この態度は新鮮でもあった。

周囲から褒められても、私はずっと災いのもととなる自分の容姿が好きになれなかった。でも、第二の騎士たちのお陰で今は負の感情が消えている。

ありがとうございます、みなさん。

素顔のままで快適な時間を過ごしていると、すぐに宿に到着した。そして、馬から降りるやいなや、私は第一の騎士たちにあっという間に囲まれてしまった。

名前を聞かれたので「ご存知だとは思いますが、オリヴィア・ホワイトです」と答えると、目を見開いて驚き、それから笑っちゃうほどわかりやすい反応を見せた。まさに手のひら返し。

さんざん馬鹿にして嫌味を言ってきたのに「あれは本心ではなかった」とか「体の調子が悪いか

ら薬草を頼みたい」とかニヤニヤしながらすり寄ってくる。

私のことを完全に無視していた第一の騎士団長も、記憶にある助平爺《すけべじじい》と同じ下卑た目で私を見てくる。

この屑《くず》たちめ！　と心の中で思いっきり悪態《あくたい》をつく。

唯一、第一の中で態度が変わらないのは、ヤルダ副団長だけだった。

取り囲まれている私を見て、チッと聞こえよがしに舌打ちしてくる。どうやら彼だけは芯の通った男だったようだ。もう私の天敵と言っていいのではないだろうか。

ルイトエリンはこの状況を見かねて間に入ろうとしたが、私が止めた。こういう反応を予想して事前に用意していたものがある。無駄にならなくてよかったと私はほくそ笑む。

「みなさん、喉《のど》が渇いていませんか？　よかったら、疲労回復効果のある特別な薬草水をどうぞ」

このあと、ヤルダ副団長を除いた第一の騎士たちは、この世の終わりとばかりにみな悶絶《もんぜつ》した。

良薬口に苦しというのだから、これは仕方がないことである。

薬師としての務めを果たした私は満面の笑みを浮かべていた。


三日後。

下心満載で私を囲んでいた第一の騎士たちは、もう必要なときしか話しかけてこなくなっていた。

『オナカヲコワシタ。ヤクソウヲクダサイ』

『はい、どうぞ。一日三回食後に飲んでくださいね』

『アリガトウゴザイマス』

こんな感じで私と目も合わさずに、ぜんまい仕掛けの人形のように去っていく。

こんなにお行儀がよくなったのは、ルイトエリンのお陰だ。

騎士たちは旅の途中でも訓練を欠かさない。ルイトエリンは副団長という立場を利用し、私を下卑た目で見るヤツらを指導という名のもとにひとりずつ潰《つぶ》していったのだ。

『遠慮せずにかかってこい。なんなら、まとめてでもいいぞ。戦場での戦い方に綺麗も汚いもないからな』

『『『うぉー！』』』

ひとりだと敵わないが大勢でなら、と第一の騎士たちは勢いづいた……が全員が地面に這《は》いつくばる結果となった。そして、彼はひとりひとりの耳元で『ヴィアは俺の婚約者だ。身の程を知れ、でないと次はない』とささやいたらしい。

過去に半殺しの目にあった愚か者がいて、ルイトエリンは有言実行だと騎士たちはみな知っている。

彼はたった三日間で私に告げた約束――俺がヴィアを守る――を果たし、今日もまたとどめを刺し続けている。彼いわく、骨の髄《ずい》までわからせたほうがいいそうだ。

第一の騎士たちに同情はしないが、これはこれでやりづらい。ルイトエリンの訓練の合間を見計らって、私はそろそろと彼に近づく。

「ルイト様、ほどほどでお願いします」

「可愛い婚約者を守るには全力でないとだめだろ？」

「いえ、そこは大丈夫です。私はか弱くはありませんから」

「それは知ってる。だが、俺がヴィアに虫けらなんて一匹も寄せつけたくないんだ」

彼はまっすぐに私の目を見つめる。周囲に人がいるから、偽《いつわ》りの婚約者を完璧に演じているのだとわかっていても、この顔に甘い言葉が加わると破壊力がありすぎる。

……恋人でもないのに、なんかドキドキしてきた。

彼は最近では軽すぎる口調もやめている。すごく自然だから、こっちのほうが彼の素なのかもしれない。そして、誰彼かまわず『可愛いね』とも言わなくなっていた。

どうしてなのかと以前聞いたら『俺にはヴィアがいるから』と答えた。ルイトエリンは思っていた以上に仕事熱心な人だった。

私はほかの人に聞かれないように、彼の耳元に口を近づける。

「ルイト様、そこまで甘い台詞《せりふ》を吐かなくて大丈夫ですよ。第一の人たちはもう戦意喪失状態ですから、ある意味生きる屍《しかばね》です」

「……ヴィアは鈍いな」

「えっ、まだ生き残っている人がいましたか？　いやらしい視線には敏感なんですけど、私としたことが全然気づきませんでした」

私よりも数段美しい彼が言うのだから間違いはないだろう。こういう視線に対しては、より被害を受けてきた者のほうが敏感になるものだ。

「では、全力で甘い言葉をお願いします」と背伸びして耳元でささやくと、彼は苦笑いする。

「……そんなところも含めて俺はヴィアが好きだ」

「はい、私も大好きです」

彼の熱い言葉に合わせてふさわしい台詞《せりふ》を返すと、彼は片手で顔を覆いながら「まいったな……」と深いため息をつく。

「ヴィア、もう一度言ってくれないか……」

なんとだめ出しされてしまった。私の演技は未熟だったらしい。でもそれは仕方がない、こういう台詞《せりふ》を今まで口にしたことはないのだから。……よ、よし、頑張る！

「ルイト様、大好きですよ」

きっと今の私は耳まで赤くなっている。だって彼の演技がうますぎて、わかっていても照れてしまうのだ。

気づけば、私たちの周りには第一だけでなく第二の騎士たちまでいて、盛大な拍手とともに生暖かい視線が注がれていた。拍手は第二だけで、視線は両方からだ。

「いつか本気で言ってくれ」

「えっと、ごめんなさい！　周りの声がすごくて聞こえませんでした。ルイト様、もう一度お願いします」

第二の騎士たちのはやし立てる声で、彼の言葉が掻き消されてしまった。今度は聞き漏らすまいと顔を近づける。

「愛してる」

彼は私の耳元で優しくささやいた。

はっと横を向いて彼の顔を見ると、その目でも同じことを伝えてくる。

「……っ……!!」

もう彼は騎士を辞めて舞台俳優になったほうがいいのではないだろうか。

「ヴィア、返事は？」

演技の催促《さいそく》をされたが、心臓がばくばくして言葉が出てこない。

私が魚のように口をパクパクしながら真っ赤になっていると、彼は笑いながら「いつでもいいから」と演技を終了してくれた。

……はぁ、助かった。

私は火照《ほて》った顔を手で扇《あお》ぎながら、彼のそばから離れたのだった。

その日を境に、ルイトエリンの迫真の演技は頻繁に披露されるようになった。

騎士たちには効果を発揮しているが、残念ながらロレンシアには効果なしだ。それどころか、ますます目の敵《かたき》にされるようになる。

どうやら私の素顔もお気に召さなかったようだ。一方的に妬《ねた》んでくる女性はいるので、こういう反応には慣れている。

彼女の扱い方はほぼ確定していた。歴代の聖女と同じお飾りだけど、侯爵家という後ろ盾があるので、この旅の間は奇跡の聖女という我儘《わがまま》に付き合っていくというものだ。

今更追い返すことはできないから、妥当な対応だろう。……腹立たしいけどね。

私は貴族について詳しくないけれど、どうやらパール侯爵家はかなり力を持っているらしい。パール侯爵は、娘に奇跡の聖女という箔《はく》をつけさせて、未婚の王子に嫁がせる算段だとみな噂《うわさ》している。

それが本当なら、巻きこまれた薬師たちはいい迷惑だ。

――いつの時代にも、高貴な人の中には、自分は何をしても許されると思いこんでいる愚かな人がいる。

今日は近くに宿がないので、森の中で野営することになっていた。日が沈む前に、騎士たちは木々の間に布を張り準備を始める。

力仕事は騎士たちに任せて、薬草探しに精を出していると、近づいてくる足音があり私は振り返る。

そこには無表情のネミリがいた。

「薬師様、一緒に聖女様の髪飾りを捜しくれませんか？」

私は心の中でため息をつく。これはよくある嫌がらせのひとつで、さんざん捜したあとにロレンシアが現れるのだ。

目的は疲れ切った私を見て楽しむためらしい。

ネミリは私の返事を待つことなく「こっちです」と歩き始める。ここで断ったら難癖《なんくせ》をつけられるのは目に見えている。少しだけ付き合ってから、用事があるからと退散するのがいいだろう。

生い茂った草を掻き分けながら進む彼女のあとを黙ってついていく。

しばらく歩くと、彼女がいきなり立ち止まった。

「あそこにあります！」

「えっ、どこですか？」

「ほら、あそこに落ちているのがそうです」

ネミリが指差した先にはよく見ると穴があった。汚れ仕事はあなたの役目と言わんばかりに、彼女は後ろに下がって私を前に押し出す。

「はいはい、わかりました……」と地面に手と膝をついて覗きこんだ瞬間、ドンッと背中に衝撃を受け、私の体は穴の中に落ちた。

「まあ、大変。すぐに助けを呼んできますわ」

彼女は全然慌てていなかった。それどころか、穴の中にいる私に笑顔を見せてから去っていった。

……やられたわ。

案の定、それからネミリは戻ってこない。

そんなに深い穴ではなく怪我《けが》はないけれど、よじ登ることは無理な高さだ。こういうときは大人しく待つしかない。私がいないことに気づいたら誰かが捜しに来てくれるはずだ。

問題は穴が気づきにくいものであること。助けてと叫び続けるには限界があるし、叩いて音が出るようなものはなかった。

……よ、よし、歌おう……

下手なので聞かれるのは恥ずかしいけれど、背に腹は代えられない。

私が口ずさんだのは、ルイトエリンにも聞かせた子守唄だった。前世の記憶の母がよく歌っていたもので、これを聞くと落ち着くのだ。

記憶の歌と私のでは音程が若干違うが、それでも包みこむような安心感が心地よい。

「らーららーら～、ら、らっら～」

気持ちよく歌っていると、草を踏みしめる音が上から聞こえてきた。

見上げると穴の中を覗きこむ人影が見える。逆光なので顔が見えないけれど、この辺りには民家はなかったから騎士団の誰かに違いない。

「助けてください！」

手を振って合図を送ったが、嫌な予感がした。

その大きな影が誰のものか見当がついたからだ。……この際、助けてくれるなら誰だってかまわないか。

「端に寄ってろ。今から飛び降りる」

「いいえ、縄か何かで引き上げて――」

「どけっ」

その言葉と同時に上から巨体が降ってきた。

どうして人の話を聞かないんですか！　ふたり揃って穴に落ちていたら誰が助けるんですか！と心の中で叫んでから思い直す。

誰かが一緒にいるからこそ飛びこんできたのだろうと。そうだ、そうに決まっている。

この人は嫌な人だけど、副団長を任されているのだから考えなしではないはずだ。でも……念のために尋ねてみることにした。

「ヤルダ副団長、おひとりですか？」

「そうだ」

いやいや、まだ望みはある。

「あとから誰か来る予定はありますよね？」

「ない。みんな忙しいからな」

たしかに騎士たちは忙しくしていた。だからこそ、この時間帯を狙ってロレンシアは今回の意地悪を仕組んだのだ。正直こんな早くに誰か来るなんて思っていなかった。

……なんで、彼は今ここにいるの……？

ごくりとつばを飲みこむ。

ヤルダ副団長はルイトエリンと同じくらい忙しいはずだ。私にとっては天敵のような人だけど、彼は仕事を下の者に押しつけてサボる人ではない。

上からはその実直さから煙たがられることもあるようだが、その能力を認めているからこそ第一の騎士団長は彼を副団長に任命したという。

ルイトエリンも私に絡んでくるヤルダ副団長を不審に思い調べてくれたが、やはり叩いても埃ひとつ出ない人だと教えてくれた。

それならば、なぜ彼はこんなに早く私を見つけたのか。まだ三十分も経っていないはずだ。

――いや、そもそも見つけたのかも怪しい。

穴の中は暗いから人がいるのはわかっても、顔までは見えなかったはず。

なのに彼は、誰だ？　と聞くことなく飛び降りてきた。そして、私の顔を見ても「チッ、お前だったのか」と悪態《あくたい》のひとつもつかなかった。

ということは、私だと知っていたことになる。

穴の中は蒸し暑いくらいなのに寒気がしてくる。彼から離れようと後ずさるが、すぐに剥《む》き出しの土に背中がぶつかってしまう。

誰にも言わずに飛びこんできたのには意味があるはずだ。鍛えている彼ひとりだけならばこの穴から出ることも可能だろうけど、私を担いでは無理だろう。

――つまり、彼は助けに来たのではない。

私の細首など、彼ならば片手でやすやすと絞められる。せまい穴の中には逃げ場などない。

「ここに私がいることを誰から聞いたんですか？　ヤルダ副団長」

彼は問答無用で私の命を奪うだろうか。それとも、最後の情けとばかりに答えたあとで実行するのか。

どちらにしても黙って殺《や》られはしない。噛み跡ぐらいその腕に残してみせる。

そうすれば、ルイトエリンがきっと気づいてくれるはずだ。なぜなら彼は私の口の中を目にする機会が何度もあったから。餌付《えづ》けされてよかったと思う日が、こんな形でくるとは思わなかった。

私が睨《にら》みつけていると、ヤルダ副団長は眉間に皺を寄せながら深くため息をつく。

「勘違いするな、誰かに聞いたわけじゃない。私は聖女とは無関係だ」

「それならどうしてここがわかったんですか？」

「お前が侍女のあとをのこのこついていくのが遠目に見えた。そして、戻ってきたのは侍女だけだった。馬鹿みたいに嫌がらせを受けているんだろうと思って来てみたら案の定だ。それにしてもあいかわらず下手な子守唄だな」

「……あいかわらず？」

音痴《おんち》なのを自覚しているから、私はひとりのときにこっそり歌っていても騎士たちの前で披露したことはない。唯一聞かせたのは、ルイトエリンだけ。

「……いや、ただの言い間違いだ」

彼はわかりやすく私から目を逸らす。

「ルイト様ですね？　彼から聞いたんですねっ。かばっても無駄ですよ、もうわかってますから！」

「…………そ、そうだ」

私がまくし立てると、彼は頬を引きつらせながら認める。

ルイトエリンと彼はふたりでよく話している。副団長同士連絡事項も多いだろうけど、もともと仲がいいらしい。

だからといって、私の秘密を世間話のように話すとは……許さん。もしここから出られたらまず最初に特製薬草水をルイトエリンに振る舞おうと心に誓う。

どうやら私の早合点だったようだ。

彼は私を殺《や》りに来たのではなく、心配してくれたのである。……でも、これって。……そういうことだよね？

「ヤルダ副団長、私のことを好きだったんですね」

あの意味不明な態度が、好きな子に好意を伝えられないいじめっ子特有のものだったならば納得できる。いい歳したおっさんが気持ち悪いけど。

彼の視線にはいやらしいものが一切なかったのでわからなかったが、稀《まれ》にそういう人もいるのだろう。完璧なむっつりだ。

「なんでそうなる。オリヴィア・ホワイト」

「だって、私の行動をずっと目で追っていたってことですよね？　普通は好意がなければそんなことしません。今回の件は感謝していますが、もう付きまとうのはやめてください。それから、ヤルダ副団長の気持ちに応えることはできません、ごめんなさい」

先回りして謝っておく。このせまい穴の中で毛むくじゃらの大男から告白されるのは避けたい。

「私には愛する妻も子どももいる」

「なら尚更だめですね」

「違う！　そういう目でお前を見たことは一度もないと言ってるんだ。そんな妄想を抱いていると行き遅れる羽目《はめ》になるぞ」

……余計なお世話ですよ！　行き遅れと言われたのはこれが初めてではない。前世では弟がそう言ってからかってきた記憶がある。でも、こんなに腹が立ったのは初めてだ。

ムスッとしていると、彼は無愛想なまま「怪我《けが》はないか？」と聞いてきた。

「土が緩衝材になってくれたので平気です」

「そうか。じゃあ、穴から出るぞ」

「出られるんですか!?」

「当たり前だ」

それを先に言ってほしかった。そうすれば、この無駄なやり取りはなかっただろう。

ヤルダ副団長が土の壁際にいる私に近づいてくる。鍛え上げられた大きな体から発する圧がすごいので、さり気なく距離をとろうとするが、彼は私の動きに合わせて動く。……諦めた。

「だが、その前に話がある。この先、騎士団に随伴《ずいはん》するのはやめろ。お前では役に立たん」

「嫌です。引き受けたからには投げ出したりはしません」

薬師がいなくなったら困るのは騎士たちだ。第一はともかくとして、第二の騎士たちを見捨てるような真似は絶対にしたくない。

彼は眉間の皺をさらに深めて私を睨《にら》んでくる。

「聖女に嫌われているお前がいては迷惑だと言っている。問題が起これば、否応なしに我々も巻きこまれるんだ。パール侯爵家を舐《な》めるな。お前の存在が騎士団の足を引っ張り、ひいては部下の命を脅《おびや》かすことにも繋《つな》がる」

ヤルダ副団長の言っていることは間違ってはない。私とロレンシアの関係に騎士たちが気を取られたら、それは任務に影響を与えていることになる。些細《ささい》なことでも、場合によっては大事に至ることはあるのだ。

反論できずにいると、彼はさらに言葉を続ける。

「ライカン副団長と婚約して玉の輿《こし》だと浮かれているかもしれんが、そんなことはない。あの家には問題がある」

「どうしてそんなことを――」

「調べた。たぶんだが、ライカン副団長も無関係じゃない。やめておけ」

どうやら仕事熱心な人のようだ。部下を守るためならどんなことだってやる。私がルイトエリンを通じてヤルダ副団長を調べたように、彼も私に関することを調べていたというわけだ。

「ルイト様のことを悪く言うのはやめてください。私はルイト様が好きだから婚約しました。侯爵家の事情は知りませんが、何があろうとも、彼への気持ちが変わることはありません」

彼は私たちの婚約が偽《いつわ》りだとは知らないから、こんなふうに私を揺さぶって追い出そうとする。でもライカン侯爵家に何があろうとも、そのことでルイトエリンがおとしめられる謂《いわ》れはない。

「身の程を知れ！　オリヴィア・ホワイト」

「十分すぎるほど知ってますよ！」

ヤルダ副団長は怒鳴ってくるが、私は一歩も引かない。見下ろしながら睨《にら》んでくる彼を、私は見上げながら睨《にら》み返す。

恋愛感情はないけれど、ルイトエリンのことを人として好きなのは本当だ。

彼ほど強い人はいないと思う。義母に消えない心の傷を負わされても、それを異母弟には一切見せなかった。お茶会のときだって普通なら逃げ出してもいい状況なのに、彼はよき兄を演じきった。

心の傷から血を流し続けても、異母弟を守ることを優先した。

――本当に強い人しかできないことだ。

「私の考えは変わらない。お前が騎士団を去るまで続ける」

彼は薬師の不在と私がいることで起こりうる問題を天秤にかけ、後者のほうがリスクが高いと判断した。でも、私は薬師は必要だと思うから最後まで仕事を全うする。

「私の考えも変わりませんので、お好きにどうぞ」

どんなに嫌味を言われようとも受けて立つ。

今までは意味不明な人だったけれど、彼の考えがわかったのですっきりした。口は悪いけれど、ルイトエリンの言う通り責任感が強くてぶれない人なのだろう。

……私、この人のこと嫌いじゃないかも。

そんなことを思っていると、いきなりヤルダ副団長が私を担ぎ上げる。

「ぎゃっ、暴力反対です！」

「……私もだ」

彼は片腕に私を乗せるように抱き直すと、もう片方の腕と両足を使って器用に穴をよじ登っていく。

「しっかり掴まっていないと振り落とすぞ」

「は、はい……」

彼の額には汗が滲《にじ》み、鍛え上げられた太い腕は血管が浮き出るほど力がこもっている。振り落とすと乱暴なことを言っていたくせに、私をしっかりと抱きかかえてくれていた。それでいて、苦しくないように気を遣っているのが伝わってくる。

私は彼の負担が少しでも減るように、しっかりと彼にしがみつく。

無事に穴から出ると、彼は最初に「どこかぶつけてないか？」と聞いてきた。見た目と違って、この人は本物の紳士だった。

秘かに毛むくじゃらの熊呼ばわりしていたことを反省する。

「お陰様で大丈夫です。ヤルダ副団長、助けていただきありがとうございました」

「もう二度と穴には落ちるな、迷惑だ」

「はい、了解です」

返事をする私の声は自然と弾んでいた。口調はぶっきらぼうだけど、彼は私のことを心配してくれているのだ。

「それと川にも流されるな」

「はい」

「木にも登るなよ」

「……はい」

「口を開けて寝るな、虫が入るぞ」

「……。……はい」

私の返事がだんだん小さくなる。

なんだろう、ヤルダ副団長がおっさんじゃなくてお母さんになっている。騎士たちがいる場所に着くまで、私は彼から気持ちのこもった助言を聞かされ続けたのだった。

第六章　黒き薬師を嵌める聖女

騎士団が国境沿いに到着するとすぐに、両国の上の人たちが小競り合いの落とし所を探るための話し合いを始めた。

今回の遠征の目的は戦争に備えてではなく、騎士団の存在を前面に出すことで武力なしでうまく収めることだ。どうやら隣国も同じ考えのようで、あちらの騎士たちも目立った動きはなく、思いのほか状況は落ち着いていた。

なので、騎士たちの主な任務は周囲の治安維持となっていた。

小競り合いが起こると自然と荒くれ者たちが集まってくる。なぜなら、戦争に発展すれば傭兵の職にありつけるかもしれないからだ。彼らが悪さをしないように騎士たちは目を光らせているのだが、それがわかっていて悪事を働く者などそうそういない。

そうなると薬師の出番はほとんどないので、私は雑務を手伝ったりして過ごしていた。

何ごともなく一週間が過ぎた頃、突然ロレンシアが奇跡の力を使って奉仕活動をしたい、と勝手に町側に申し出た。

……いやいや、無理だからと誰もが思ったけれど、真実を知らない町側は諸手《もろて》を上げて喜んだ。

「聖女様、町中にある診療所をお使いください。有名な薬師を呼び寄せようと数年前に建てたものですが、肝心の薬師に断られて空いておりますので」

「ありがとうございます。さっそく明日から始めますわ。暇な薬師もお手伝いしたいと申しておりますが、かまいませんよね？」

「もちろんでございます、聖女様」

……そんなことひと言だって私は言ってない。

こうして有無を言わさず、私は巻きこまれることになった。

だが、不満はなかった。田舎には薬師自体も少なく、体調が悪くとも我慢している人が多い。どんな形であれ、薬師としてその人たちの力になれるのはうれしい。


奉仕活動を始めて十日目。

今、町で一番の話題は『聖女の救済』だ。ロレンシアが微笑みながら具合の悪い人に手をかざし、そのあと私がおまけで薬草を調合し渡す。それから元気になると『聖女様の奇跡の力』の完成だ。

……まあ、いいけどね。困っている人が救われるのなら、誰に感謝しようともかまわない。名声とか私には必要ないものだ。

前世と今は違うとわかっているけど、私は二度と有名にはなりたくない。やはり怖いのだ。

今朝も早くから診療所へ向かっている。騎士団が拠点として使っている宿から診療所へは少し遠いので、移動手段には馬車と馬を使っている。ロレンシアの心はどこまでも狭く、もちろん、私は馬車に乗せてもらったことは一度もない。

ロレンシアのため、奉仕活動には騎士たちが護衛でついてきている。上位貴族の令嬢は身代金目的で誘拐されることがあるからだ。

第一からはヤルダ副団長、第二からはルイトエリン、そして数人の騎士たちが護衛の任に就いているのだが、ロレンシアのお気に入りは見目麗《みめうるわ》しいルイトエリンだった。

「ルイトエリン様、降りるのを手伝っていただけませんか？」

「どうぞ、聖女殿」

「そんな堅苦しい言い方ではなく、ロレンシアと呼んでくださいませ。ルイトエリン様、私たちの仲なのですから遠慮は無用ですわ」

「家の爵位が同じだけです」

「その『だけ』がとても重要ですわ、ふふふ。同じ立場の人間だから気心が知れてますでしょ」

診療所に着くと、今日も馬車から降りるときにルイトエリンを呼びつけている。もっと近くにほかの騎士がいても目に入らないらしい。

ロレンシアの相手をする彼はいつも無表情だ。

彼が嫌がっているとわかっているだろうに、おかまいなしの彼女にイライラする。今だって馬車を降りたのに、彼女は彼の手を握って離そうとしない。

私はそれを横目で見ながら足で地面を踏み鳴らす。淑女教育ってどうなってるんですか！

「ライカン副団長も災難だな。聖女に狙われて」

私の近くにいたヤルダ副団長は心底同情するといった表情でつぶやく。

「でもパール侯爵はロレンシア様を王家に嫁がせたいのですよね？　その前にこんな醜聞《しゅうぶん》が広がったりしたらだめなのでは？」

それとも噂《うわさ》はあくまで噂《うわさ》だったのだろうか。

「結婚前に清らかな体だったらいいんだ。政略結婚後の王族なんてたいがい愛人を囲っている。その伴侶も然りだ。種さえ間違えなければ、ある程度は許される。お互い様だからな」

「……そうなんですね」

政略結婚という犠牲が長きにわたって維持できるのは、こういう特典があるからなのだと知る。でも、平民の感覚では理解しがたいものがある。

私はうなずきながら微妙な表情を浮かべた。

「今回の聖女が嘘をついてまで随伴《ずいはん》した目的は、箔《はく》を付けるためだけじゃなく、将来の愛人候補を漁りに来たのかもな」

ヤルダ副団長の視線の先にいるのは、もちろんルイトエリンだ。

「でも、ルイト様には私という婚約者がいますよ」

彼と私が正式に婚約しているのは周知の事実である。淑女が泥棒猫のような真似をしていいのだろうか。

ヤルダ副団長は腕を組みながら、隣にいる私を顎で指し示す。

「高貴な身分の者にとって平民の命など無価値だ」

冷酷無慈悲な言い様だがこれは事実だ。

だから、前世の私は呆気なく殺された。上の人たちにとって、私は消してもかまわない命だったのだ。それは今も同じだ。

「婚約者がいる者に手を出すのは外聞が悪い。だが、その婚約者を不慮の事故で亡くした者に寄り添って愛が芽生えたとしたら、それは美談だ。この意味がわかるな？」

「ロレンシア様はそういう人ですか？」

彼女の性格が悪いのはたしかだ。でも、果たして彼女はそこまでやるだろうか。命を奪うのと嫌がらせをするのとでは天と地ほどの差がある。

「わからん。だが、父親はそういうヤツで彼女はその娘だ。多くの者は育った環境に染まっていく。例外なんて期待するな。早くここを去れ、オリヴィア・ホワイト」

ヤルダ副団長は大の男でも震え上がってしまうようなドスの利《き》いた声を出す。

けれども、私はゆっくりと首を横に振ってみせた。

「お前は命が惜しくないのか！」

「もちろん命は大切です、誰の命も。今ここには困っている人がいます。だから私はまだ去れません」

今だって診療所の外には、朝早くから多くの人が並んで待っている。正確には私ではなく聖女なのだが、薬師がいなければ聖女の救済はない。

「チッ、何があっても知らんぞ！」

「見守ってくれている人もいますから」

私が意味ありげにヤルダ副団長を見ると、「勝手にしろ」と彼は離れていった。

彼なりに私の身を心配してることはもう十分すぎるほどわかっている。彼の背に向かって、ありがとうございますと頭を下げた。

聖女からは敵視されているけれど、今の私はとても恵まれている。

ルイトエリンは常に私を気遣ってくれる。その距離の近さにドキドキするけれど、不思議と彼の隣は安心できた。第二の騎士たちも私を仲間として温かく受け入れてくれている。

第一のヤツらは……まあ、どうでもいい。

「……そろそろ潮時かな」

ヤルダ副団長にはああ言ったけれど、実は私はここを離れたいと思っていた。

私の中で騎士団の人たちの重さが変わっているのを感じるからだ。最初は嫌々引き受けた話だった。でも今は、私にとって騎士団は居心地のいい場所になりつつある。

それと比例するように夢でうなされるようにもなっていた。前世の記憶と関係していると思うけど、起きると夢を忘れてしまうので曖昧《あいまい》だ。

でも、目覚めるたびに心がえぐられるような喪失感に襲われた。

『ごめんなさい、ごめんなさい……』と泣きながら謝る自分の声で起きたり、目覚めたら、伸ばした手が宙をさまよっていることもあった。まるで何かを必死に掴もうとしているかのように。

たぶん、前世の記憶が私に警告しているのだ——大切なものを持ってはいけないと。

騎士団から離れがたいと思っているからこそ、ここから早めに去るべきなのだ。

「……ィア、ヴィア、具合が悪いのか？　何度も呼んだんだが……」

「ごめんなさい、ぼうっとしていただけです。えっと、ロレンシア様はいいのですか？」

気づくと、ルイトエリンが私の顔を覗きこんでいた。

「テオがいるから問題ない。それよりヴィア、本当に大丈夫か？　顔色がよくないぞ」

彼は私の様子がいつもと違うことに気づき、そばに来てくれたようだ。

聖女の声がするほうを見ると、眉を下げ困った顔をしたテオドルが必死に彼女の相手をしている。

ルイトエリンになかば強引に押しつけられたのだろう。

「……テオ……」

「ヴィア？」

「あっ、……テオ様、大変そうですね」

ルイトエリンの怪訝《けげん》な声に、私は慌てて言い直す。

私はどうして今テオと呼んだのだろうか。いつもは『テオ様』と呼んでいるのに。

――ズキンと頭が痛む。

私の知っているテオはふたりいる。

ひとりは前世の弟で、もうひとりは騎士のテオドル・ガードナーだ。えくぼが出る笑い方はたまたま同じだったけど、共通点はたったそれだけ。

えくぼなんて特別じゃない。

それなのになぜか胸がざわついてテオドルから目が離せない。

私は前世の記憶を持って生まれ変わっている。もしかして……と一瞬だけ思ったけれど、すぐにそんなはずないと否定する。

最近、頭痛があったり夢見が悪かったりしたから、結びつけてしまっただけだ。

「オリヴィアさん、ここは奉仕活動をする場ですから仮病を使ってまで、ルイトエリン様の気を引くのはどうかと思いますわ」

「ロレンシア様の言う通りでございます。邪魔をするだけなら帰られたらどうですか？」

ロレンシアがネミリを引き連れて私のところにやってくる。

その後ろにはテオドルがいて、ルイトエリンに向かって頭を下げた。

……大丈夫、やっぱり違う。その姿は記憶のテオと重ならない。

傍若無人なロレンシアのお陰だろうか、気づけば頭痛は消えていた。これこそが彼女流の聖女の奇跡なのかもしれないと思うと、おかしくて笑いが込み上げてくる。

「ロレンシア様、ありがとうございます」

「いきなりなんですの？　気持ちが悪いわね」

「ヴィア、無理するな」

「ご心配をおかけしましたが、もう大丈夫です、ルイト様。さあ、みんな待ってますから始めましょう」

今日も聖女の救済が始まった。

診療所の奥にある部屋で、私はいつも通り薬草の調合を行う。慌しいなか、無心で薬草をすり潰《つぶ》していると、古ぼけた絵のようだった前世の記憶の『テオ』が少しずつ鮮明になっていく。

『僕も姉ちゃんみたいな顔がよかったなー』

……ああ、そうだ。テオはこんな顔をしていた。生意気な子だったけど、女の子と間違えられるほど華奢で綺麗な子だった。でも、本人はその顔が気に入らなかった。

『そしたらモテないわよ、テオ』

前世の私は平凡な顔立ちだった。

『僕、姉ちゃんのことが大好きだよ。世の中の男は見る目がないだけ。僕がいい男を見つけてやるから待ってな、姉ちゃん』

『はいはい、期待しないで待ってるわ』

『期待していいよ、姉ちゃん』

テオは姉思いの優しい子だった。

どうして今、こんな記憶を思い出したんだろうか。これは前世のことだとわかっていても、胸が張り裂けそうになる。

このときの記憶に繋《つな》がる、温かくて愛おしい想いまで流れこんできたからで、こんなこと初めてだ。記憶と感情が完全に重なったことで、抱えていた喪失感が生々しいものとなる。

気づけば、私の頬は濡れていた。込み上げる嗚咽《おえつ》を必死に呑みこむ。

「今日はやけに薬草が目にしみるな……」

そうつぶやきながら私は薬草をすり潰《つぶ》し続け、聖女の救済を求める人の列が途切れた頃には、もう夕方になっていた。

今日も重病人がいなくて幸いだった。もし私の薬草では手に負えない人が来たら、大きな街の薬師に診てもらうしかない。聖女の奇跡の力は、手持ちの薬草の範囲内でしか有効ではないからだ。

そもそも奇跡じゃないし。

それにしてもロレンシアは運がいい。奉仕活動を始めてから十日経っているのに、重病人や急病人はまだ来ていない。

わざわざ奇跡は嘘ですと言いふらすつもりはないけれど、バレてもかばうつもりはなかった。

奇跡の力なんて本当は持っていない彼女だけど、なんだかんだと強引に自分の思い通りに事を進めている。強運の持ち主という意味では、奇跡の聖女なのかもしれない。

「ヴィア、お疲れ。片付け手伝うな」

「今日はもう終わりですか？」

「ああ、聖女様は奇跡の力を使いすぎて疲労困憊《ひろうこんぱい》だそうだ」

ルイトエリンは嫌味っぽい言い方をする。手をかざし演技をしているだけなのに、ロレンシアは『疲れました……』と事あるごとに彼にもたれかかろうとするからだ。

……うーん、なぜかモヤモヤするのよね。

最初は彼女に腹を立てているのかと思ったけれど、よくよく考えたらそうでもなかった。ならば食べすぎかなと、数日前から胃に効く薬草を煎《せん》じて飲んでいるけどまだ効果は出てない。

普段から奉仕活動の終わりの時間は決めていなかった。だいたいは人が途切れると、ロレンシアがもう帰りたいと言い出すから、そのタイミングで終了となることが多い。

ルイトエリンと一緒に手際よく薬草を鞄の中にしまっていく。毎回薬草を持ち運ぶのは効率が悪いけれど、置きっぱなしにして盗まれるよりはましだ。

「うわぁ！　なんですか？」

彼がいきなり顔を近づけてきた。

この至近距離で美の結晶を見るのは、眼福ものだが心臓にはよくない。お年寄りには絶対にしてはいけない行為だし、私だってドキドキが止まらない。

彼の肩に手を置いて押し戻そうとするが微動だにしない。

「ものすごく近いですよ、ルイト様！」

「ヴィア、なんか目が赤くないか……。泣いたんだな。誰だ？」

泣いていたのはずいぶん前で、そのあとしっかりと目を冷やし誰にも気づかれなかったのに。

私が誤魔化《ごまか》す前に彼は断定してくる。そのうえ、最後の言葉にはものすごい殺気がこもっている気がした。

「あの……、もし誰かが私を泣かしていたら、ルイト様はその人をどうするつもりですか？」

なんとなく聞いてみた。ただの好奇心というヤツだ。

「殺《や》る」

「誰かが泣いたくらいでそうさせた人を殺していたら、あっという間に国が滅びちゃいますね」

「ヴィア限定だから大丈夫だ」

彼は真顔で冗談を続ける。演技が上手なだけあって、本気だと勘違いしそうになる。

「冗談ですよね？」

「本気だ。ヴィアのことは守るって約束しただろ」

「二度と泣きません」

まさかの本気に、私は慌てて元気よく返事をする。

無実の罪で誰かが殺《や》られたら大変だ。すると、彼は表情を和らげ私の頬をそっと手で撫でてくる。

もしかしたら涙のあとがかすかに残っていたのかもしれない。

その手は剣だこがあって硬いけれど、とても温かくて気持ちがいい。でも、少しだけ照れくさい。

「子ども扱いしないでください、ルイト様。それと、泣いたのは本当ですが、薬草が目にしみたからですよ」

「俺はヴィアを子ども扱いなんてしてないぞ」

「それなら、この手はなんですか？」

まだ撫で続けている彼の手をがしっと掴む。ふたりの視線がその手に注がれる。

彼の目を覗きこんで返事を迫ると、彼は少し間を空けてから口を開く。

「……大人扱いだな」

意味がわからない。泣いている子をあやすような行動をしていたくせに、大人扱いとはどういうことか。

私が小首をかしげていると、彼は「早く大人になれ」とうれしそうに笑う。ますます意味がわからない。

「私は十八歳なのでもう立派な大人です」

「もちろん、わかってる」

「では、大人になれとはどういう意味ですか？　ルイト様」

彼は目を細め意味ありげに口角を上げる。そして、空いているほうの手で意味もなく私の髪をすくった。

「待ってるってことだ、ヴィア」

「何をですか？」

「くっくく、さあ、なんだろうな？」

結局彼は教えてくれずに、笑って誤魔化《ごまか》されてしまった。

ほぼ片付けが終わり、戸締まりをしようとすると、バンッと勢いよく診療所の扉が開く音が響き渡る。何事かと急いで入口に面した部屋へ行くと、ロレンシアを守るように騎士たちが侵入者を囲んでいた。

「最初はふたりだったんです！　けど、今はそれがふくれ上がって、もう何がなんだか。とにかく大変で……」

飛びこんできたのは若者だった。言っていることがめちゃくちゃで、何を話しているのかわからない。でもその様子から、彼の身に急を要する何かが起きたことだけは伝わってきた。

「まずは落ち着け、それから説明しろ」

ヤルダ副団長がそう言うと、その巨体から発せられる圧によってか、若者は少しだけ落ち着きを取り戻す。

「働いている店で、あっ、店ってこの近くの酒場なんです。そこでよそ者が言い争いを始めて、それから殴り合いになって。止めたんですけど、おもしろ半分に加勢する人が出てきて。とにかくひどい有様なんです、助けてください……」

「暴れている者の人数は？」

「たぶん、十五人ぐらいかと。でも、どんどん増えていったから、今はもっといるかも」

酒場で荒くれ者が暴れているらしい。傭兵の仕事にありつけないから、体力が有り余っているのだろう。悪事を働くまではいかないが、こういう揉めごとは結構多くて、騎士団は助けを求められたら対処していた。

ヤルダ副団長は状況を把握すると、ルイトエリンと相談を始める。

ここには騎士が五人いる。暴れている人数を考えたら全員で対応するのが正解だが、ロレンシアのために護衛を残す必要があるので、誰を残すか決めているのだろう。

すぐに動かない騎士たちに若者がやきもきしていると、ロレンシアが動いた。

「こちらの方が困っているのですから、早く行ってくださいませ。私の心配はいりませんわ。ここで待っていますから」

「聖女様、ありがとうございます！」

若者の表情がパッと明るくなり、まるで救いの女神を見るように彼女を見つめる。

「テオドル、お前は護衛として残れ」

「承知しました、ヤルダ副団長」

テオドル以外の騎士たちが動こうとすると、ロレンシアがその決定に異議を唱える。

「ヤルダ副団長、全員で対応して早急に事態を収めるべきですわ。私たちは鍵をかけて待っていますから大丈夫です」

彼女にしては珍しくまともなことを口にする。慈悲深さをアピールしているだけかもしれないけれど、この状況では正しい選択だ。

若者はロレンシアに何度も頭を下げる。

……いやいや、実際に助けに行くのは騎士たちだからねと言いたくなった。

結局、若者の案内のもと、ヤルダ副団長たちは全員で店へ向かうことになった。馬を使うほどの距離ではなかったし、彼らはみな優秀だから、すぐに戻ってくるだろう。

私は彼らが出ていくと同時に扉に鍵をかけ、念のために診察終了の札を出す。ロレンシアたちから絡まれるのを避けるために、奥の部屋へ行こうとすると扉を叩く音が聞こえて立ち止まる。

「すいません、誰かいませんかー？」

まだ声変わりしていない男の子の声だった。

「開けてあげなさいな、ネミリ」

「……本当によろしいのですか？　ロレンシア様」

「もちろんよ。救済を求めている人を拒むなんてありえないわ」

ネミリは驚いた顔をしながらも、ロレンシアの言葉に従って扉を開けに行く。

彼女同様に私も驚いていた。

その日の救済を終えたあとに人が来ても、彼女が受け入れたことは一度もなかったからだ。もしかして訪ねてきたのが子どもだからだろうか。さすがにかわいそうだと思ったのかもしれない。

扉が開くと、みすぼらしい身なりをした男の子がすえた臭いを漂わせながら、おずおずと入ってくる。

貴族の女性は遭遇する機会などあまりないから免疫《めんえき》がないのだろう、近くにいたネミリは口元を手で覆い、不快感をあらわにしていた。……失礼ですよ！

男の子はキョロキョロと、この場にいる三人を見比べる。

「あの……、どの人が聖女様ですか？」

「私が聖女よ。坊や、何か困ったことがあるのかしら？」

ロレンシアは頬を引きつらせてはいるけれど、無理矢理笑みを浮かべている。ネミリ以上に露骨《ろこつ》な態度で接するだろうと思っていたので、いい意味で裏切られた。

ほんのちょっとだけだけど、彼女を見直す。自分と明らかに住む世界が違う子どもの心を、傷つけないように配慮する人だとは思っていなかった。

「ここだとタダで治してもらえるって聞いたんです。あの……、本当にお金はかかりませんか？」

「神から授かった力で、お金儲けなどしないわ」

「じゃあ、お父さんの咳を治してください！　聖女様」

「もちろんよ、坊や。それで、お父様はどこかしら？」

男の子のあとから誰かが来る気配はなかった。

「足が悪くてここまで歩けません。だから、僕が代わりに薬をもらいに来ました」

「困ったわね。聖女の力は手をかざさなければ効果がないのよ」

「えっ……」

男の子は泣きそうになっている。聖女の救済とは、聖女が薬をくれることだと勘違いしていたようだ。

かわいそうだけれども、伝聞だけで安易に薬草は渡せない。薬草を調合して渡すにしても、やはり患者の症状を確認する必要がある。合わないものを服用したら逆効果になるし、そもそも私の薬草で治るものか見極めたい。

「ひぐっ、ひぐっ……」

男の子が声を上げて泣き始める。ここならと期待してきたのが伝わってくるから、やるせない気持ちになる。

「坊や、家は近くなのかしら？」

「……すぐそこで……ひぐっ、す」

「泣かなくても大丈夫よ。私の力でお父様を治してあげるから、家に案内してちょうだい」

「うわぁーん、聖女様、ありがとう……ひぐっ……」

ネミリが慌ててそこまでする必要はないと諫めるが、ロレンシアは聞く耳を持たない。私にも鞄を持って付いてこいと言ってくる。

子ども相手に点数稼ぎをしているようには見えなかったから、たぶん気まぐれだ。

彼女は我儘《わがまま》な侯爵令嬢として生きてきたから、その場の思いつきで周囲を振り回すことがよくある。勝手な人だから好かれてはいないけれど、意外なことに憎まれてもいない。

嫌がらせとか三文芝居とか、すべての言動が見え透いていて怒る気にもならないのだ。

迷惑極まりないが、私や騎士たちはすでに諦めの境地に達していて『はいはい、またね』という感じであった。

それに今回の気まぐれは迷惑ではない。困っている子どもを追い返すのは、私としても忍びないからだ。

ネミリは説得しても無駄だと諦めたのだろう。ささっと書き置きを残して、男の子とロレンシアのあとに続く。

私も薬草を入れた鞄を持ってあとを追うことにした。薬草以外に盗まれて困るものはないし、入れ違いで騎士たちが戻ってきた場合を考えて鍵はかけなかった。

男の子の言う通り家は近かった。

今にも崩れ落ちそうな屋根、ところどころ腐っている木の壁を見て、彼が必死だったのもうなずける。こんな暮らしでは薬草を買うなんてできやしない。

男の子は「お父さん、ただいま」と言いながら家の中へ入っていき、私たちもそれに続いた。

――家の中はとても広かった。

正確にはせまい部屋だったが、家具がひとつもなかったから広く感じたのだ。どんなに貧しくとも、生活していたら何か置かれている。それなのにひとつもない。

足が悪くて家にいるはずの父親の姿も。

ギギッと閉めたはずの扉が開く音がしたので振り向くと、数人の男たちが無言で入ってくる。

「連れてきました」

男の子がそう言って手を差し出すと、ひとりの男が数枚の硬貨を渡す。男の子はそれを大切そうに握りしめると、私たちには目もくれずに逃げるように家から出ていった。

私たちはだまされたのだ。

おそらくあの男の子は本当に貧しいのだろう、迫真の演技だったのは、生きる糧を得ようと必死だったからだ。

薄暗い中ひとりの男が、こちらに近づいてくる。

「ロレンシア様……ど、どうしましょう……」

ネミリは声を震わせながら、ロレンシアにしがみついている。怖くて仕方がないのだ。

私も震えが止まらない。入り口は男たちが塞いでいるし、逃げられそうな窓もない。

三人の中で唯一、ロレンシアだけは怯えていなかった。侯爵令嬢としての矜持《きょうじ》か。それとも誘拐という修羅場《しゅらば》に慣れているのだろうか。

どちらにしても、そんな彼女の存在は心強かった。

「ご苦労様。なかなかいい子を選んだわね、でも帰して大丈夫なのかしら？」

「ああいうガキは密告なんてしない。自分が生きていくのに必死だからな」

「「えっ……」」

目の前で交わされる会話に、私とネミリの声が重なる。身代金目的で侯爵令嬢を誘拐したと思っていたのに、まさかロレンシアが男たちと通じていたなんて。

「ロレンシア様、どういうことですか……」

ネミリは信じられないものを見るような目でロレンシアを見つめていた。

彼女はここに来るのを止めようとしていた。それに今も男たちを前にして震え上がっている。つまり、彼女は何も知らされていなかったのだろう。

「黒き薬師には消えてもらうことにしたの。だって邪魔ですもの」

「ですが、このような状況で薬師がいなくなったら、ロレンシア様が疑われます！」

いやいや、気にするところ間違ってるから……

ネミリは私の心配なんてしなかった。それどころか、これがロレンシアの企みならば自分は安全だとわかったので、忠実な侍女として適切な助言を口にする。

主《あるじ》が最低だと、その侍女も最低になるらしい。どうすればこのピンチをひとりで切り抜けられるか必死に考えるが、名案など浮かんでこない。

周りの男たちは舐《な》めるような目つきで私を見ている。こういうヤツらは獲物が怯えるのを楽しむから、私は唇を噛みしめて震えを止めた。口の中に血の味が広がる。

「心配いらないわ、ちゃんと考えがあるから。でも、少しだけ手伝ってほしいことがあるの」

「さすがはロレンシア様です。それで、私は何をすればいいでしょうか？」

ネミリが嬉々として尋ねると、ロレンシアは微笑み返す。

「私のために死んでちょうだい」

ロレンシアは鈴を転がすような声音で紡ぐ。まるで道端に生《は》えている花を一輪摘んでちょうだいと、簡単なことを頼んでるかのようだ。その不気味さに背筋が凍る。

「ロレンシア様……？」

ネミリは首をかしげる。その顔はまだロレンシアの言葉の意味がわかっていないようだ。いや、この残酷な裏切りを信じたくないのかもしれない。

ふたりの仲が本当はどうだったかなんて、私は知らない。でもネミリが自分はロレンシアにとって大切な人間だと思っていたのは間違いない。

……たぶん、そう思いこまされていた。ロレンシアに対する、底しれぬ恐ろしさが湧き上がる。

ロレンシアはネミリとの話はもう終わったとばかりに、男に話しかける。

「わかっているとは思うけど、約束を違えることがないようにしてちょうだい。万が一にも――」

「金をもらっているんだ、約束は守る」

「ふふ、余計なことを言ったわね。では、よろしくね」

彼女は満足そうにうなずいてから扉に向かって歩き始める。入り口を塞いでいた男たちは彼女のためにさっと道を開けた。

さっきまで呆《ほう》けていたネミリは、這《は》いつくばってロレンシアの足元にすがりつく。

「どうしてですか！　私はずっと誠心誠意お仕えし、どんな命令にも従っていたではありませんか！　それに、私のことを姉のように思っているとおっしゃっていたのに。私をだましたのですか!?」

ネミリは必死になって訴える。やっと今の状況に理解が追いついたようだ。

「主人に仕えるのは当たり前でしょ？　それにだましたなんて、人聞きが悪いことを言うのね。下の者をしつけるのに、馬の調教と同じく鞭《むち》を使う人もいるわ。でも、そんな野蛮《やばん》な方法は嫌いだから、代わりに言葉を使ってうまく操るの。ネミリだって喜んでいたのだから、お互いにとっていい選択だったのよ」

ロレンシアはものわかりの悪い子どもを諭《さと》すように話す。その表情に偽《いつわ》りはない。

心からそう思っているのだ。その異様さに身震いする。

「わ、私はまだお役に立てます、なんでもしますから。お願いです、助けてください……」

「私はこれから王家に嫁ぐの。専属侍女は最低でも伯爵令嬢でなくては私が侮《あなど》られてしまうわ。装飾品だってそれなりのものを常に身につけておかないとね。その点、ルイトエリンは合格だわ。侯爵令息だし、あの美貌だもの。侍《はべ》らせたら私の価値が上がるわ」

ロレンシアは人を人だと思っていないのだ。自分を飾り立てるための装飾品と同じ扱い。いらなくなったら簡単に処分するし、欲しかったらどんな手を使っても自分のものにする。

「ルイト様は絶対に承知しませんよ」

「彼には大切な人がいるわ。たしかケイルートという異母弟だったかしら」

彼女はふふと笑いながら、言うことを聞かせる手段はあるのだと告げてくる。行き当たりばったりではなく、入念に調べ上げているのだ。

ロレンシアは目線をネミリから私へ移す。その目は今まで見たことがないくらい冷酷なものだった。

……ああ、そうか、全部演技だったのね。

我儘《わがまま》で愚かな侯爵令嬢は仮面。気まぐれも三文芝居も些細《ささい》な嫌がらせもすべて計算だった。彼女はわざと周囲に見目麗《みめうるわ》しく身分は高いが、それだけの令嬢だと印象づけて、私たちを油断させていたのだ。

これは父親であるパール侯爵の指示だろうか。実の娘を道具扱いするなんて反吐《へど》が出ると顔をしかめると、彼女はおかしそうに声を上げて笑った。

「父は愚かで可愛い娘を操っているつもりでいる。でもね、実際に操っているのは私。王家でもそうするつもり。だから、こんなことでつまずくわけにはいかないの。私が疑われないためには、仲

のいい侍女の死が必要なの」

「……死にたくな……い……」

ネミリはイヤイヤと首を横に振りながら絶叫する。

私は声も出なかった。こんなに恐ろしい人を見たのは初めてだ。悪事に手を染める人たちをたくさん見てきた。でも、それぞれ事情があったり大切な人たちがいたりして、その胸のうちにはわずかばかりだとしても葛藤《かっとう》が見え隠れしていた。

これで本当にいいのかという後悔。大切な者だけには汚い自分を知られたくないという勝手な言い分。

どれも身勝手でしかないけれど、それでも悪人たちにはそう思う心があった。

しかし、ロレンシアの心には良心というものが存在しない。だから、この状況で美しく微笑んでいられるのだ。

彼女はいつも聖女らしく慈愛に満ちた笑みを浮かべていた。

でも、この瞬間、今までで一番彼女は輝いている。悪魔の微笑なのか、禍々《まがまが》しいほどの美しさを放っていた。

『人は育った環境に染まっていく』というヤルダ副団長の言葉を思い出す。たしかにその通りだったと思う。

人の心を持っていない彼女は、もはや人とはいえないのかもしれない。生きていく中で失ったのか、それとも最初から持ち合わせていなかったのか。どちらにしろ、ロレンシア・パールほど恐ろしい人はいない。

彼女はかがんで、泣きじゃくるネミリを優しく抱きしめる。ハッと顔を上げたネミリの表情には喜色が滲《にじ》み、泣き声も止まる。

ロレンシアの気が変わって、便利な駒を持ち帰ることにしたのだろうか。

「……ありがとうござい――」

「もう二度と会えないなんて寂しいわ、ネミリ」

ロレンシアはネミリの耳元で優しくささやくと、振り返ることなくひとりで薄暗い家から出ていった。

――こんなに残酷な人はいない。

音を立て扉が閉まると、ネミリの嗚咽《おえつ》がまた始まった。

切り捨てられたネミリは、私の背に隠れるようにすがってくる。私のことを見下していたくせにと思ったけれど、私も怖くてたまらなかったので振り払いはしなかった。

男たちはにやにやしながら私たちを見てくる。

「これは稀《まれ》に見る上物だな。ただ殺すなんてもったいないぞ」

「お嬢ちゃん、逝く前に一緒に楽しいことしようぜ」

「殺《や》る前に可愛がっちゃいけない、とは約束していないからな。いいだろ？」

ロレンシアと直接話していたリーダーらしき男がうなずくと、男たちは下卑た歓声を上げる。

リーダーの男は私たちの前でしゃがみこむ。その鋭い眼差しの奥に欲が宿っていて吐き気がした。

「ということだ。これから移動するが、馬鹿な真似をしたらすぐさま殺す」

「……わかったわ」

泣きじゃくるネミリに代わって私が答えた。

この家は診療所に近いから、場所を変えてじっくり楽しむということだろう。弄《もてあそ》ばれるのも、殺されるのもごめんだ。

私の頭の中には、ルイトエリン、テオドル、第二の騎士たち、そしてヤルダ副団長の顔が浮かんでいた。彼らならきっと助けに来てくれると信じている。

問題は、間に合うかどうかだ。

ロレンシアは私たちが消えた理由をでっち上げるだろう。男の子の話を鵜呑《うの》みにした私が勝手に飛び出し、ネミリが止めようとあとを追ったがふたりとも戻ってこないとか、いくらでも嘘はつける。ご丁寧に目撃者も用意しているかもしれない。

親しかった侍女の身を泣きながら案じれば、彼女に疑いの目は向かない。それに酒場での喧嘩も彼女の指示だったとしたら、さらに初動は遅れるだろう。

私とネミリはすぐに家から連れ出され、用意してあった小汚い幌《ほろ》馬車に乗せられた。

御者席《ぎょしゃ》にはふたりの男が座り、せまい荷台には私たちふたりだけだった。幸いなことに拘束はされていなかった。ほかの男たちが乗りこんだ荷馬車が後ろからついてきているから、逃げ出せやしないと思っているのだろう。

……たしかに、この状況では無理だ。

幌《ほろ》馬車の御者《ぎょしゃ》席と荷台の間は板が打ちつけられており、完全に仕切られている。そのうえ、幌《ほろ》は後ろも完全に覆っていた。

普通はこういう作りではないから、積んだ死体が万が一にも外から見えないように手を加えてあるのだろう。この手の仕事に慣れている証拠だ。

馬車は途中何度か男たちが用を足すために止まったが、それ以外はずっと走り続けている。

どれほど時間が経過しただろうか。

それほど経っていない気もすれば、もう何時間も揺られている気もする。きっと恐怖で時間の感覚が麻痺《まひ》しているのだ。

幌《ほろ》が裂けた箇所を見つけると、そこから私はそっと外の様子を窺《うかが》った。ずいぶん町から離れたようで、寂《さび》れた景色の中に人影は見当たらない。遠くに民家らしき古びた建物が数軒見えたけど、人が住んでいるかはわからない。

ということは、叫んだところで誰の耳にも届かず、気づいた男たちから殴られて終わるか、宣言通り殺《や》られるだけだ。

「近くに森が見えたわ。次、馬車が止まったらそこまで走って逃げましょう」

私はうずくまったままのネミリに小声で話しかけた。

本当は、助けが来るまで待つつもりだった。でもさっき前に座っている男たちがそろそろ着くと話していたのが聞こえた。

つまり、もうすぐ凌辱《りょうじょく》が始まるということだ。

彼らを楽しませるつもりはない。絶対にごめんだ。

辺りは薄暗くなっているので、うまく森に逃げこめたら助かるかもしれない。

ネミリは返事をしなかった。荷台に放りこまれてからずっと彼女は私を無視している。諦めているのか、それとも放心状態が続いているのか。この状況では仕方がないことだ。

「わかりました。では、私ひとりで逃げますね」

この作戦がうまくいく確率なんてないに等しいから強制はしない。でも、できる限り足掻きたい。

「……私を置いていくなんて許さないわ。助けなさい、私を！　その綺麗な顔で男たちを引きつけて私を先に逃がしなさいよ。あなたと私では命の重みが違うのだから」

やっと顔を上げてくれた。ネミリは目に涙を浮かべたまま私の胸ぐらを掴んで揺さぶってくる。

「何が違うんですか……」

「何がって、あなたは親にすら必要とされずに捨てられた孤児で、私は貴族の令嬢だわ。価値があるのは私なのよ！」

ルイトエリンやテオドルのように差別をしない珍しい人もいれば、第一の騎士たちのように当たり前に平民を軽んじる人もいる。彼女は貴族としては普通の感覚の持ち主なのだろう。

「親に捨てられたのは事実で、身分もあなたのほうが上です。でも命の重さは同じですよ。私もネミリ様も」

前世では訴える機会も与えられなかった……でも今は違う。

「そんなことないわ！　だって、私は男爵令嬢で――」

「それなら、侯爵令嬢のために男爵令嬢がここで死ぬのは当然ですか？」

「……！」

ネミリは掴んでいた手を下げ、何も言わずにうつむいた。別にごめんなさいという言葉が聞きたかったわけではないからそれでかまわない。ただ、わかってもらえたらいい。

命の重さに上も下もない。ネミリを犠牲にして自分が助かるつもりはない。でも、私は自分を犠牲にして彼女を助けてあげるつもりもない。

「目的地に着いたら男たちのお楽しみが始まります。もしかしたら、その最中に助けが来るかもしれません。でも、次に馬車が止まったら私は逃げます。ネミリ様がどうするかは自分で決めてください」

「生き残れる可能性が高いのはどっち……？」

「わかりません。でも、残ったほうが高いと私は思ってます」

わざわざ場所を移動したのは、誰にも邪魔されることなく長時間楽しむためだ。それを考えたら、すぐには殺されないだろう。しかし、逃げ出して捕まれば、彼らの怒りを買ってその場で殺されるかもしれない。

残るか逃げ出すか、どちらを選んでも正解はない。

彼女はのろのろと頭を上げ、私と目を合わせる。

「……死ぬのは嫌、でも凌辱《りょうじょく》も絶対に嫌。私も一緒に行くわ」

ネミリは覚悟を決めたようで、きっぱりと言い切る。もっと泣き言を言うかと思っていたけれど、意外にしっかりしているのかもしれない。

男たちは目的地が近づいているからなのか、途中から酒を飲み始めていた。周囲に人がいないから気がゆるんでいるようで、お楽しみの順番を決める声が私たちにも聞こえてくる。

……全員、地獄に落ちてしまえ。

全力で呪っていると、ネミリが尋ねてくる。

「それで作戦は？」

「馬車が止まったら、私たちも用を足したいと言うつもりです。見張りはつくでしょうけど、たぶんふたりくらいです。木陰《こかげ》に入ったら、急所を思いっきり蹴り上げて、それから全力で走って森に逃げこみます」

作戦は単純明快《たんじゅんめいかい》で、とにかく神様に祈りながら逃げるのみだ。

「そ、そんなことできないわ！」

「それなら握り潰《つぶ》してください。効果は同じなのでどちらでもかまいません」

何をとは言わなかったけれど十分に通じたようで、ネミリは頬を赤らめる。ちなみに私は蹴り上げた経験は何度もあるけれど、握り潰《つぶ》したことは一度もない。だって、なんか気持ちが悪い。

ガタンッと音を立てて馬車が止まった。

幌《ほろ》の隙間から外を覗き見るが、建物はない。目的地についたのではなく、用を足すために止まったのだ。数人の男たちがそれぞれ木の陰に向かって歩いていく。酒を飲んだせいか、みなごきげんな様子で、中には鼻歌まで歌っている者もいる。私たちが逃げ出すとは思ってもいないのだろう。

油断してくれているのはありがたいことだった。

「心の準備はいいですか？」

「……ええ」

この脱出は無謀な賭けだ。すぐに捕まって、ボコボコに殴られ瀕死《ひんし》の状態で凌辱《りょうじょく》されるかもしれない。

それでも、私もネミリもやめようとは言い出さなかった。

「ネミリ様、どちらかが捕まっても振り返らずに逃げましょう」

「……見捨てるのね」

否定はしなかった。私は彼女が捕まっても止まらない、それに彼女にも止まってほしくない。

万が一にも助けられるかもしれないのなら別だが、私たちでは共倒れ確実だ。一旦見捨てる形になっても、助けを呼ぶことができたならばふたりとも助かるかもしれない。それが奇跡という類《たぐい》のことだとしても。

どちらかを犠牲にするのではない、お互いに生きることを諦めないだけ。

「……私、走るの遅いのよ」

「頑張ってください」

「普通はこういうとき、嘘でも私も遅いですとか言わない？」

「嘘は嫌いなので吐きません。でも、逃げ足は速いほうかもしれません」

不埒《ふらち》な輩《やから》に追いかけられた経験は何度もある。もちろん、蹴り上げて無事に逃げ切ったけど。

「ネミリ様。絶対に生き残りましょう、ふたりで」

これからどうなるかなんて想像したくない。でも、これから起こるであろう悲劇は頭に浮かんでいた。たぶん、彼女も同じだろう。私が彼女の目をまっすぐに見つめると、彼女は無言のままうなずく。

私はパンパンと両手で頬を叩いて気合を入れると、外に向かって声をかけた。

「すみません、私たちも我慢できないのですが……あの……用を足したくて」

チッという舌打ちとともに、外からしっかりと縛《しば》ってある幌《ほろ》が開けられる。馬車の荷台で粗相《そそう》されたら困ると思ったようだ。私たちが降りると、あっちでやれと木陰《こかげ》を指し示し、ふたりの男が見張りとしてついてくる。舌舐《な》めずりしながら、たまんねぇなとか言っている。

……うん、思いっきり蹴ろう。

木陰《こかげ》に入ると私と彼女は目配せして同時に振り返り、男たちの大切な部分を力いっぱい蹴り上げた。ネミリは初めてだとは思えないほど、鮮やかな蹴りを入れる。ふたりの男は声を発することなくうずくまって白目を剥《む》いている。

私たちは全力で森に向かって走り出す。目指す森は思っていた以上に近い。それに木が生い茂っていて、姿をくらませることができそうだ。

あそこに逃げこめたなら勝算はある。

まだ男たちは私たちの逃走に気づいていないようで、追ってくる気配はない。

何があっても決して止まらずに走り続けると私とネミリは約束していた。足並みを揃《そろ》えることなく、ただ前を向いて駆け抜けることが、生きることに繋《つな》がるからだ。

「えっ、遅っ……」

「えっ、速い……」

走りながらふたつの声がぴったりと重なり、私の目に映る彼女の背中はどんどん小さくなっていく。ネミリは驚くほど速かった。私は走るのは速いほうだと思って――いや、実際に孤児院の中では一、二を争っていたので、間違いなく速いはずである。

でも、ネミリと私との距離は確実に広がっていく。

彼女は私を出し抜こうとしていたのではないだろう。もしそうだったなら、鳩《はと》が豆鉄砲を食ったように目をパチパチさせたりはしない。

私と彼女では、速さについての認識に大きな隔《へだ》たりがあったようだ。そして前方から「頑張れ、……亀」というつぶやきが風に乗って、私の耳に届く。うん、頑張るね。……でも、亀じゃないから。

淑女教育には体力強化も含まれているのか、と考えながら全力疾走していると、後ろが騒がしくなる。

「待ちやがれ！」

「逃げ切れると思ってるのか、痛い目にあわせてやるからな」

「げっへへ、捕まえたヤツが一番だ、ヒャッホー」

思い思いの言葉を吐きながら、私たちのあとを男たちが追いかけてくる。その声と足音の大きさで、振り向かなくともすぐ近くまで迫ってきているのがわかる。

もう森はすぐ目の前だ。

私とネミリはそれぞれ違う方角に向かって走っている。追手を二手に分かれさせたほうがより共倒れを防げると考えて、そうしようとふたりで事前に話し合っていた。

ネミリは右に進んだので、あとから走る私は左へ向かっている。だから、彼女に向かった追手は私の視界に入るはずなのだが。

……あれ、いない？

なぜか彼女を追っていく者はいなかった。つまり、全員が私を追っているということだ。

……いやいや、それだめでしょ！

ロレンシアからふたりを始末しろと依頼されたのだから、ひとりだって逃してはいけないはずだ。当然、二手に分かれて追うべきで……

「綺麗なお嬢ちゃん、待てよ。俺が可愛がってやるからさっ、ぎゃっはは」

「お前じゃなくて、俺が先だ。ぐっはは、こんな美人とやれるなんてツイてるぜ」

「お前のお粗末なものじゃなくて、俺の立派なのがいいってよ」

だが、酔っ払いたちは己の欲望のままに私を追ってくる。

決してネミリのせいではない。彼女のほうに行ってくれとも思っていない。その俊足を最大限に活かして逃げ切ってほしいと願っているのは嘘ではない。

でも、でもひと言だけ言いたい。

なんで全員で私を追うんですか！

この顔で散々な目にあってきたけれど、最後まで顔で苦しむことになるとは悲惨すぎる。人は見た目ではなく、中身だと声を大にして叫びたい。

突然、ぐいっと髪が引っ張られて、バランスを崩してしまう。

ここで転んだらだめだと踏ん張ってみたけれど、気づいたら地面に転がっていた。急いで起き上がろうとしたけれど、もう男たちに囲まれていた。

「ひっひひ、捕まーえた」

「お嬢ちゃん、鬼ごっこはお終いだ」

「外でやるのもいいねー」

彼らは目をギラギラさせながら、私の左手を、右足を、左足を、そして右手を乱暴に押さえつけてくる。ここでやる気だ。そういう経験はないけれど、どういうことをされるのか知識はある。彼らに触られている部分が気持ち悪くて吐き気が込み上げてくる。

ルイトエリンに触れられても、こんなふうに感じたことはない。彼はいつだって優しくて、その手は私を安心させてくれた。

なんで、こんなときに彼のことを真っ先に思い出すのかな。彼はここにいないのに。

「俺が一番だな」

男がのしかかってきて、酒臭い息を浴びせてくる。きっとこの男が私の髪を引っ張って転ばせたのだろう。だから、一番最初にやる権利を手に入れたのだ。

でも、私は大人しくやられたりしない。見くびってもらっては困る。

ゴンッと音がするほど思いっきり男の鼻に頭突きを食らわす。それから私の左手を押さえている男に噛みついて、左足を押さえていた手が緩まった瞬間、足元にいる男の顔を左足で蹴った。でも、私の反撃はそこで止まってしまう。

鼻骨が折れた男が、容赦なく私の頬を平手打ちした。頭がぐわんぐわんして意識が飛びそうになる。口の中は鉄の味がするから、きっと叩かれた勢いで切れてしまったのだろう。

「舐《な》めた真似しやがって、もう容赦しねぇからな」

男は鼻血を出しながら、私の服を破こうと手をかけてくる。頭突きを警戒したのか、頭まで押さえつけられていて動かない。死にたくはない、でもこんな男にやられるのはもっと嫌だ。

私は手を伸ばしてくる男に向かって、血の混じった唾《つば》を吐きかける。当たり前だが、男はその行為に激怒する。

「この野郎っ、殺してやる！」

「……ルイト様、……ルイト様っ……ルイトさ、ま……」

「へっ、お前の男の名か？　助けに来るわけねーだろうが」

叫んでいる私を、男はせせら笑いながら見下ろす。

私は助けを求めていたのではない。ネミリが逃げ延びて助けを連れてきたとしても、間に合わないのはわかっている。

それでも、なぜかルイトエリンの名だけが出てきたのだ。

こんな状況で考えることはほかにいくらでもあるだろうに。彼のことばかり思い出す。優しい声、大きな手、たくましい腕、そして私を見つめる温かい眼差し。

——そうか、私は彼に恋をしているんだ。

モヤモヤしたり、イライラしたりしたのは彼のことを異性として好きになっていたから。

今までこういう気持ちを持ったことはない。大切なものを持たないようにしていたから、無意識に避けていたんだと思う。

でも、恋に落ちてしまった。それは私の生き方に反するものだけど、どうすればいいかと悩む必要はない。だって、これから起こることが何もかも壊すから。

万が一にも生き延びても、凌辱《りょうじょく》された私は正気を保ってはいられないと思う。

「へっへへ、泣き顔もそそるな」

私は愛しい人の名を紡ぎながら泣いている。涙で視界が歪《ゆが》み、男たちの顔が見えなくなってよかった。もう何も見たくない。

こういう場合、舌を噛んで命を断つという選択肢もあるだろう。その気持ちは痛いほどわかる。こんな男たちに穢《けが》されるなんて死ぬよりも嫌だから。

でも、私にはできない。生きたくても生きられなかった前世の記憶があるからだ。命を粗末にしたくない。いや、してはいけない気がするのだ。

前世の記憶を持って生まれたことに何か意味があるのではないかと、心の片隅で思っているからだろうか。たぶん、そうだ。

固く閉じた目から涙が止まることはない。震える唇からは愛しい人の名前が途切れることなく紡がれているはずだけど、卑猥《ひわい》な笑い声に掻き消されて聞こえない。

「もうすぐその口から出てくるのは喘ぎ声だけになるぜぇ」

私の上に覆いかぶさっている一番手の男の荒い鼻息が顔にかかる。周りの男たちは早くしろと急かしたり、はやし立てたりしている。

ネミリは無事に逃げ切れるだろうか。私とのお楽しみのあとに我に返って追ったとしても、俊足の彼女は遠くまで逃げているだろうから、きっと大丈夫だ。

共倒れという最悪の展開にならなくてよかったと思う。今、それだけが救いだ。

……私が生きているうちに助けは来るのだろうか。助けに来てくれたらうれしいけど、間に合ってほしくないと思っている自分もいた。

穢《けが》されている姿をルイトエリンだけには見られたくない。命を粗末にできないとか言っておきながら、死を望むなんて矛盾《むじゅん》している。

でも、間に合わないで、と願わずにはいられない。

ふいに、私の上にあった男の重さが消える。続いて拘束されていた手足が自由になり、男たちの怒声と逃げ惑う足音が聞こえる。

私は目を固く閉じたまま動かなかった。

現実逃避から私の心が壊れ始めて都合のいい夢を見ているのなら、このまま壊れてしまいたい。それくらいの救いはあってもいい。

「ヴィア、ヴィア！　ああ、こんなに怪我《けが》をして」

たくましい腕が私を抱き上げる。その腕は壊れ物を抱くようにどこまでも優しい。この声もその優しさも、私はよく知っている。

「……ルイトさ、ま？　本当にルイト様なの……」

怖くて目を開けられなかった。これが夢ではなく現実だという確信が持てない。ネミリが助けを呼んでくれたとしても、こんなに早くに来れるはずがない。

「そうだ、ヴィア。俺だ。すまない、遅くなって」

ゆっくりと目を開けると、そこにはずっと呼んでいた人がいた。

私は手を伸ばし、確かめるように彼の頬をそっと触る。その温もりは間違いなく私が知っている彼のもので、彼の腕の中で私は泣きじゃくる。

「……ルイト様、ルイト様、ルイ……ト……」

ルイトエリンは私の背中を優しく撫でながら「もう大丈夫だ、ヴィア」と繰り返す。

助かったのだとわかっても、まだ心の中はぐちゃぐちゃだった。

「ルイト様！　ネミリ様もいます、あっちのほうに。それに、これにはロレンシア様が絡んでいて。男の子はたぶん、ここまでの計画だとは知らなくて……」

言ってることが支離滅裂《しりめつれつ》だと自分でもわかった。伝えなくてはいけないことがたくさんあるのに、まだ恐怖が完全に拭《ぬぐ》えなくて、うまく話せない。伝えられない自分自身がもどかしくてたまらない。

「ヴィア、落ち着け。ほら、ネミリ嬢はあそこにいるから」

「えっ……」

彼の視線の先には騎士に支えられながら辛うじて立っているネミリの姿があった。顔をくしゃくしゃにして泣きながらこっちを見ている。彼女がここに騎士たちを連れてきてくれたのだ。

「……っ……嘘つき、全然速くないじゃない」

「ネミリ様が速すぎたんですよ」

「今度は絶対に私より速く走りな……さぃ……」

彼女は嗚咽《おえつ》しながら私に命令する。今度なんてないだろうけれど、彼女の気持ちが心にしみる。

ネミリは約束通り一度も振り向きはしなかった。でも、先に走りながら後ろにいる私のことを思って、苦しくて仕方がなかったのだろう。

「頑張りますね」

「……約束よ」

「はい、約束します」

私たちは泣きながら笑い合う。『絶対に生き残りましょう、ふたりで』という私の言葉を、彼女が現実にしてくれた。

まさか本当にふたりとも助かるなんて思っていなかった。彼女が無事だとわかると力が抜け、少しずつ気持ちが落ち着いてくる。

「どうしてここがわかったんですか？　ルイト様」

この辺りに人はいない。彼女が助けを呼びに全力で走っても、ここまで戻ってくるにはかなりの時間がかかるはずだ。

そうなると、ルイトエリンたちは事前にこの場所を把握していたことになる。

しかし、あのロレンシアが罪を告白するとは考えづらい。用意周到な彼女が自ら尻尾を出すとも思えなかった。

「ああ……」

私から目を逸らすことなく空返事《からへんじ》をするルイトエリン。打たれた頬や切れた口の中や、転んだときに負った擦り傷など、私の怪我《けが》の具合を確かめることを優先しているのだ。いたるところが痛いけれど、骨は折っていないのは自分でもわかった。

「ルイト様、私は平気ですよ」

「……全然平気じゃない、ヴィア」

怪我《けが》をしているのは私なのに、彼のほうが辛そうな顔をしている。私を抱きしめたままの彼の腕がかすかに震えているのは、きっと気のせいではないはず。

彼が私のことを心配してくれるのは素直にうれしい。自分の気持ちに気づいたから、それは尚更だった。

でも私は本当に大丈夫だし、質問に答えてほしいし、何より彼には笑っていてほしかった。

だから、私が先に笑ってみせた。

自分で言うのもおこがましいけど、私の笑顔は最高に可愛いと言われている。それなのに、彼はつられて笑ってくれない。

彼の両頬をむにっと引っ張ってみた。うん、おもしろい顔だね……

超絶美形でも変顔になるとわかったところですぐに手を離す。

「ルイト様。あの誰彼かまわず見せていた、たんぽぽの綿毛なみに軽い笑顔でいいから見せてください」

「……誰彼かまわずはもう止めたんだ」

「笑顔の安売りは終わりなんですか？」

「そう思ってたのか……」

「それ以外に言いようがありますか？」

最近、彼の軽い言動を目にしなくなったけれど、完全に中止していたとは知らなかった。それなら、どうやって彼を笑顔にさせようかと考えていると、彼は真剣な顔で私を見てくる。

「大切な人に勘違いされたくないから止めたんだ。これからは俺が大切に想っている人だけにすることにした。いや、もうしているな」

「それはとてもよい判断だと思います」

大切に想っている人がいるならば、その人に自分の気持ちが伝わるような言動をするべきだ。

ルイトエリンは有言実行の人だと知っている。これからは、彼の笑顔が見られなくなるのは寂しいけれど仕方がない。

だって、彼に大切な人ができたのは素敵なことだから。

「ヴィア、俺を見て」

彼はふわりと柔らかい笑みを浮かべていた。そして、今、彼の瞳に映っているのは私だけ。

「……えっと……もしかしてもしかすると、……そういうことでしょうか……」

もし勘違いだったら恥ずかしすぎるから、曖昧《あいまい》な訊き方をした私に、彼はそっと額を合わせてくる。

「そういうことだ、ヴィア。やっと気づいてくれたな」

ルイトエリンはとてもうれしそうに笑っていた。

「……えっと、ヒントが少なくて気づくのが遅れました」

「たくさんあったぞ。大人扱いしてただろ？」

ルイトエリンはおかしそうに笑いながら、狼狽《うろた》える私の反応を楽しんでいる。

こんな展開は予想していなかったから、正直どうすればいいのかわからない。

前世の記憶から引きずっている喪失感が怖くて、大切なものを持たないと決めて生きてきた。でも、彼を想う今の気持ちをなかったことにはできそうにない。

「あとでゆっくり話そう、ヴィア」

「……は、はい」

彼はわかりやすく狼狽《うろた》えている私の気持ちを察して、一旦この話を終わらせてくれた。それから、彼はここに来るまでの経緯を話し始める。

「酒場での騒動を収めている最中、ひとりの男が『もらった金に見合う働きはしたから終わりにしようぜ』と殴り合っている相手に耳打ちしたのをヤルダ副団長が偶然聞いた。そして、少々荒い手段を使って吐かせたんだ」

「では、診療所に戻ったときにはすべて把握していたということですか？」

「そうだ。あのとき、間抜けなヤツがいなかったら、泣き崩れている聖女にだまされていたかもしれない」

ロレンシアは戻ってきた騎士たちの前で、さぞや完璧な演技を披露したのだろう。

だが、それもたったひとりの不用意なひと言で台なしになった。侯爵家の財力を惜しげもなく使い、荒くれ者たちを大勢雇ったことが仇《あだ》となったのだ。

「急いでボロボロの家に向かったが、誰もいなかった。そのとき、悪い男たちがこの森の先にある廃墟《はいきょ》に行くと言っていたのを聞いたと、子どもが教えてくれたんだ」

「その子は今どこに？」

「急いでいるからと走っていった。その子が言った女の人の特徴がヴィアとネミリ嬢と合致していたから、俺たちはここに向かったんだ」

あの子は貧しさゆえに罪を犯したけれど後悔していたのだろう。だから、戻ってきて家の様子を窺《うかが》っていて、勇気を出して騎士たちに声をかけた。

……きっとあの子はもう間違えることはない。

馬を走らせたルイトエリンたちは逃げるネミリを発見し、彼女がこの場所まで彼らを案内してくれたということだった。

「本当に間に合ってよかった。いや、こんな目にあったんだ、間に合ったとはいえないな。ヴィア、すまない」

「謝らないでください、ルイト様。これくらい私の薬草ですぐに治ります」

「あいつら、殺してやる……」

そう言う彼の声は本気だった。

「それはやめてください」

「ヴィア、止めるな――」

「いいえ、全力で止めますとも。私が殺《や》りますから！」

これだけは譲れないと私が鼻息荒く訴えると、さっきまで殺気立っていたルイトエリンが少しだけ冷静さを取り戻している。

「……いや、だめだ。薬草を使ったらバレるから」

「じゃあ、蹴ってもいいですか？　死なない程度に気をつけます。でも死ぬかもしれませんが、故意ではないので事故です」

やられたらやり返す。蹴るという表現を使ったけれど、もう二度と悪さができないように潰《つぶ》しておこうと思ってる。立ち上がってブンブンと蹴る準備を始めると、彼はもう止めなかった。

まずはあの一番手の男にしよう、とその姿を捜す。周囲には縛《しば》られた男たちの姿が点々と転がっていたけれど、目当ての男だけはいなかった。

ここに来た騎士たちは五人だという。そのうちのひとりはネミリのそばにいて、ルイトエリンは私と一緒にここにいる。残りの三人の姿が見えないから、まだ逃げ回っている男を追っているのかもしれない。

「もうやめてください！」

突然、テオドルの悲痛な叫びが聞こえてきた。

私とルイトエリンは声がするほうに向かって駆け出す。うっそうと生い茂る木々を避けながら少し走ると、テオドルたちはすぐに見つかった。

「もうやめてくださいっ、ヤルダ副団長！　これ以上やっては死んでしまいます」

「ヤルダ副団長、どうしたんですか！」

テオドルともうひとりの騎士は叫びながら、無抵抗の男を殴り続けているヤルダ副団長を必死に止めようとしていた。

……たぶん一番手の男だ。ひどく腫《は》れ上がっていて顔では判別できないけど、着ている服が同じなので間違いない。男は呻き声をかすかにあげていて、まだ生きているのはわかる。でも、これ以上続けたらテオドルの言う通り死んでしまう。

なんでこんなことになっているのだろうか。

目の前の信じられない光景に言葉を失う。

私だって男たちを殺したいほど憎いし、実際に報復しようと思っていた。でも、思いっきり蹴りを入れたらそれで終わりにしていたと思う。それで気が済んだとかではなく、人間は己の感情を無意識に理性で抑えるものだからだ。

ヤルダ副団長は正義を重んじる人で、犯罪者には容赦ない一面もあった。けれども、こんなふうに一方的に暴力を振るうことは一度だってなかった。

「アルソート・ヤルダ、今すぐにやめるんだ！」

いつもなら絶対に呼び捨てにしないルイトエリンが強い口調で命じるが、ヤルダ副団長は振り向きもしなかった。

「ヴィアはここにいて」

ルイトエリンはテオドルたちに加勢するために私から離れていく。

今、この森の中で一番危険なのは仲間であるヤルダ副団長だ。腰には騎士が携帯している剣がある。もし彼があれを抜いたら、周囲にいる者も巻きこまれるかもしれない。

「テオは右から、お前は左を。俺は後ろから羽交《はが》い締《じ》めにする」

「はい、ルイト先輩！」

「ライカン副団長、わかりました！」

ルイトエリンの指示に従い、三人でヤルダ副団長を押さえこむ。男の命が失われるのは時間の問題だと判断して、説得を試みるより物理的に押さえることにしたのだ。

三人がかりで押さえられたヤルダ副団長の拳《こぶし》は男に届かなくなる。

「離せっ、離すんだ！」

「落ち着いてください、ヤルダ副団長。この男はもう無抵抗です、これ以上痛めつける必要はありません。いや、これ以上続けたら確実に死にます」

「こんなヤツは死んでいい！」

ルイトエリンの口調はいつも通りに戻っている。ヤルダ副団長が我を失っているからこそ、冷静であろうとしているのだと思う。

本人から話を聞ける状態ではないと判断したルイトエリンは、テオドルに説明を求めた。

「ひとりが逃げたので三人であとを追いました。男を捕まえるとヤルダ副団長が殴りだして。最初は男が抵抗したからだと思ったのですが、ぐったりしても続けました」

説明しているテオドルも困惑していた。

「男とヤルダ副団長は顔見知りだったのか？」

「そんなふうではありませんでした」

「ふたりは何か話していたか？　……今回の件について」

ヤルダ副団長が実は裏で聖女と繋《つな》がっていて、口封じのために男を殺そうとしたのではないかと、ルイトエリンは疑っているのかもしれない。

……いいえ、違うわね。彼はヤルダ副団長がそんな人ではないとわかっている。だが、上に立つ者として確認の義務を果たしているのだ。

「話していません。ただ、男は笑いながら叫んでました。……あの女は最高だった。ヒィヒィよがっていたんだから、感謝してほしいくらいだぜと」

「チッ、屑《くず》め」

ルイトエリンは倒れている男を射殺さんばかりに睨《にら》みつける。

男の言葉はただの負け犬の遠吠えだと、みんなわかっている。でも、移動途中でそういうことがあった可能性もゼロではない。

まあ、私があとからしっかり否定すればいいだけで、それで済む話だ。

でも、なぜかヤルダ副団長だけ男の言葉に踊らされるように激高してしまった。

私と彼の付き合いはそんなに長くないから、情に流されてとは考えがたい。正義感ゆえに男の言葉に怒りを覚えたとしても、事実を確認してから動きそうなものだ。

そもそも、彼は感情のままに人を傷つけたりしないはずだ。

私からはヤルダ副団長の背中しか見えない。彼が何を考えているのか知りたくて、ルイトエリンたちの邪魔にならないように、少しだけ近づいてみる。

まだ興奮しているのか、歯を食いしばり口から血が滲《にじ》んでいる。その目に涙は一滴もないのに、なぜか泣いているように私には見えた。

悲しみ、苦しみ、憎しみ、怒り、不安、そして後悔。すべての負の感情がその顔に浮かんでいる。

——私は知っている。

なぜか、そんな言葉が頭に浮かんだ。

でも、その意味がわからない。

ズキンと頭が痛む。

こんなふうになるときは決まって前世が関係している。今の私にとって前世は必要なものではないから、いつもなら無理に考えたりはしない。

でも、胸が苦しくて仕方がなかった。今すぐ駆け寄って抱きしめたいという衝動に駆られる。

どうして？

考えるのを止められない。答えは、たぶん考えた先にある。そこに辿《たど》り着くのが正解なのかわからない。でも、知らなくてはいけない……気がした。

——私は知っている。


何を？

この表情を。

どうして？

見たから。

いつ？

前世で最期に。

自分の中に浮かんだ問いにひとつひとつ答える形で、私は思い出していく。記憶だけでなくそのときに抱いていた感情も一緒に、私の中に一気に流れこんでくる。

あああぁぁ……っ……!!

ヤルダ副団長の表情は、私の最期を群衆の中で見つめていたあの子のものと同じだ。ひとりぼっちで必死に泣くのをこらえているあの子の前で、前世の私は『ごめんね、ごめんね……』と心の中で謝りながら処刑されたのだ。

あの子だけでも助かってよかったと思っていた。でも、処刑された偽聖女の弟なのだ。こんな世界でたったひとりで生きていけるとは思えなかった。

「……テオ……」

気づけば、私はあの子を呼んでいた。

「はい。オリヴィアさん、なんでしょうか？」

もうひとりのテオであるテオドル・ガードナーが返事をした。ヤルダ副団長は反応しない。

「ヴィア？　どうした……」

ルイトエリンはテオドルを呼び捨てにする私を訝しげに見てくる。

……違う、これじゃだめ。あの子だけを呼ばなくては……

ちゃんと思い出さなければ、あの子はきっと振り向かない。あの子は私に気づいていた。でも、私が気づかないから、今の私のために何も言わずにいたのだ。姉思いの優しい子だから。

私は目をつむって、正しい答えを前世の記憶から必死で探した。

家族はあの子をテオと呼んでいた。それはあの子が本当の名を嫌がっていたから。

『姉ちゃん、僕、自分の名前好きじゃない。顔が女みたいなのに、名前まで女みたいなんて、やだよ！』

あの子は名前でからかわれたのを気にしていた。

『じゃあ、テオはどう？』

『うん、いいね。これからそう呼んで！』

『わかったわ。でもね、私はテオの名前が大好きよ。覚えておいてね』

『……わかった。でも僕は嫌いだもん』

だから、あの子をテオという愛称で呼ぶようになった。でも、本当の名は。

「……リアテオル……」

私の大好きな名前。

彼は返事はしてくれないけど、肩を震わせている。

彼はもう拘束されていなかった。また暴れたらすぐに対処できるように両脇にテオドルたちが立っていたが、その手は自由だった。

「リアテオル」

私はもう一度、名を呼んだ。

リアテオルの唇はかすかに震えながら動く。声は出ていないけれど、たしかに「……姉ちゃ……ん……」と。

うん、お姉ちゃんだよ。

目から涙が溢《あふ》れる。

「ヴィア、一体どうしたんだ？　もしかして頭を打ってい——」

「離して」

私はルイトエリンの手を振り払って、リアテオルのもとに走っていく。そして、ためらうことなくその大きな胸に飛びこむと、リアテオルに抱きとめられる。

顔も体も名前も年の差も全部違う。でも間違いなく、私の大切な弟。

「……気づくのが遅くてごめんね、リアテオル」

「姉ちゃんはうっかりしてるから」

「今はね」

「……昔からだよ、姉ちゃん」

生意気な言い方は変わっていなくて、涙が止まらない。誰にも聞こえないように、私たちは耳元でささやくように話す。抱き合う私たちがどう見えているのかなんてどうでもいい。

だって、リアテオルがここにいるのだ。

「……っ……リアテオル、リアテオルっ……」

もう離さない。

「姉ちゃん、もう泣くな」

「泣いてないわ……っ……」

弟の胸にすがって嗚咽《おえつ》し続け、その腕の中で私はいつの間にか意識を手放していた。

第七章　黒き薬師の答え合わせ

夢を見ていた、とても幸せな夢を。

いつの間に私は眠っていたのだろう。目覚めたけれど、目は開けずにいる。夢の余韻《よいん》にもう少しだけ浸っていたい。

前世の弟との再会というありえない夢。いったいどこからが夢だったのだろうか。ルイトエリンに助けられ両思いを確認したところも夢だったのなら、とても残念だ。

でも、そんな気もしてきたな……と思いながら目を開けると、目の前には大きな熊がいた。

「うわぁ！　私はおいしくないので食べないほうがいいですよ！」

「そんなところも変わらないいな」

「ん？　熊って喋ったっけ？」

毎日いろいろなものが進化している。私が森を離れているわずかな間に、とてつもない変化が起こり、熊が話すようになったとしてもおかしくない。

……いや、おかしいか。

「熊じゃない」

「それじゃ新種？」

「……姉ちゃん、寝ぼけてるな」

「姉ちゃん？」

光の加減で顔が見えず、シルエットだけで判断していたけれど、よく見たら熊ではなくヤルダ副団長だった。そして、彼は私のことを姉だと言っている。

私は目覚めたつもりだけど、実際はまだ眠っているのだろうか。この夢ならずっと見続けたいな、とへにゃりと笑っていたら、無傷な私の左頬を彼は容赦なく引っ張ってくる。

「痛い！」

「夢じゃない証拠だ。どうせ姉ちゃんのことだから『うふふ、まだ夢を見てるのね』とか思ってたんだろ？」

「なんでわかったの？」

「そのゆるんだ顔でだ。昔っからそうだったからな。ちなみに、全部現実だからな」

私が考えていることを一瞬で見抜き、なおかつ生意気に指摘してくる。

間違いなくリアテオルだ。現実なのがうれしくて、昔のように彼の額を指でトンと小突いたら、リアテオルは「もう子どもじゃないんだからな」と言いながらもうれしそうだ。

ヤルダ副団長として接していたときと違って、まるっきり弟に戻っている。でも今の私たちは四十代のおじさんと十八歳の小娘で、傍から見たらさぞかしおかしな関係に見えるだろう。

でも、私にとってはもう弟にしか見えない。……熊みたいだけどね。

「テオは生まれ変わっても、中身は全然変わってないわね」

「俺は生まれ変わってはいない」

リアテオルは仕事のときは自分のことを私と言っている。でも素だと俺になるようだ。昔のように僕でないのが少しだけ寂しいけれど、それは仕方がないだろう。

「ふふ、冗談ばっかり言って。だまされたりしないわよ」

「本当だ、姉ちゃん」

「……。……嘘」

「じゃない」

リアテオルの顔は本気だった。生まれ変わりの仕組みなんて知らないけれど、弟も前世の記憶を持って私より随分先に生まれ変わったと思っていた。だって、だって……

「なんでっ!? あんなに可愛かったのに。村一番、いいえ、町一番の美少女だったのに。何があったら熊になるの……? まさか、熊に拾われて育てられたとか?」

私は身を乗り出すと彼の胸ぐらを掴んで揺さぶり、納得のいく答えを迫る。

聞きたいことは山ほどあった。私はどうしてここで寝ているのかとか、ルイトエリンたちはどこにいるのかとか、前世の私が死んだあとのこととか。

でも、全部が吹き飛んでしまった。

美少女が成長して熊もどきになったと知ったら、そうもなるだろう。ある意味、記憶を持って生まれ変わっている以上の衝撃を受けた。

「なんで気にするところそこなんだよ。もっとほかに聞くことあるだろうが。そもそも美少女じゃなくて美少年だから」

リアテオルは頭をガシガシとかきながら、わざとらしくため息をつく。まったく弟のくせに生意気だ。

「姉ちゃんは全部を思い出したわけじゃないんだな」

「たぶん、そうだと思うわ。そもそも、何を思い出していないかもわかってないけど。幼い頃から前世の記憶を持っていたけど、曖昧《あいまい》だったの。あのときのリアテオルの表情を見て、かなり思い出したけど」

思い出したのは家族のことがほとんどだが、それはあえて言わなかった。

リアテオルはたったひとりで生き抜いたのだ。想像を絶するほど過酷な人生を歩んできたことだろう。私との再会で辛い記憶が蘇《よみがえ》っただろうから、さらに古傷をえぐるようなことはしたくない。

「俺のことを生まれ変わりと思ったということは、時間的な流れが欠けているんだろうな」

「そうね、前世がいつのことだったかは曖昧《あいまい》なままだわ。それに国の名前とかも。リアテオルはあの国が今どうなっているか知ってるの？」

私を『王家を脅《おびや》かす存在』とみなし、その命を簡単に奪ったあの国の王族は今どうしているのだろうか。

「もう存在しない。正確には大国の属国として残っているけど、三十年以上前に王族はみな処刑された」

リアテオルは家族が処刑されたあとすぐに国を出たので、どういう経緯で国が滅んだのかは、あとから調べて知ったという。

それは実に呆気ない最期だったらしい。

一部の有力貴族によって王家の不正や隠蔽《いんぺい》された悪事などが公《おおやけ》になり、それがきっかけで民衆も立ち上がった。最初は罪を犯した王族のみを断罪するはずだったが、ひとりとして罪なき者はおらず、結果として王族はみな処刑された。

そのあと、王座を望む者が誰もいなかったので、大国に願い出て属国という形になり、今に至る。

それを聞いて、心からよかったと思った。それは今世で関わらなくて済むからではない。

リアテオルはあとから調べて知ったと言っていた。

きっと、正義感の強いこの子のことだから、何か考えがあったのだろう。もし王政が続いていたら、彼はきっと復讐という道を選んでいたと思う。……そしたら、命を落としていたかもしれない。

あのとき、私は神様に家族の命を願ったけれど、助けてもらえなかった。でも、天はこの子の命だけは守ってくれた。

滅んだあの国とこの国は、馬で走ったとしても数か月かかるほど地理的に離れているという。子どもだったリアテオルがこの国まで辿《たど》り着いたのは奇跡でしかない。

「たったひとりでこの国まで来るなんて大変だったでしょ？　神様があなたを見守ってくれていたのね」

「神じゃない。俺が生き残れたのは、姉ちゃんのお陰だ」

違う、私がいたから家族は死んだ。私のせいでこの子はたったひとり残された。全部、私が悪かった。もっと用心していたら、もっと賢く立ち回っていたらあんな結果にならなかった。

うつむくと、熊のように毛深い手が私の顔を挟んで、無理矢理上に向けさせる。

「多くの人たちの命を救った姉ちゃんは家族の誇りだ。姉ちゃんは悪くない。父さんだって、母さんだって、兄ちゃんだって、妹のマリだって、姉ちゃんの無実を訴えていた。牢にいる姉ちゃんとの面会は許されなかったけど、もし会えたら愛していると伝えたいと言ってたんだ」

仲のいい家族だった、大切な家族だった。

私のことを恨んでいないのは、あの処刑台の上から向けられた眼差しでわかっている。

だからこそ自分が許せなかった。

「それにみんな、姉ちゃんに感謝してた。俺がその証拠だ。姉ちゃん、ミムラさんを覚えているか？」

「……？　たしか、ひとつ先の村の村長さんよね」

その名は覚えがあった。彼はうなずいて続ける。

「その人が、歓喜する民衆の中で動けずにいた俺を連れ出してくれた。そして、俺を隣町の知人に託した。それから、その知人が遠方に住む親戚に預け、その親戚は隣国の友人に……そんなことを繰り返し、この国のヤルダ伯爵夫妻の養子となった。これが、どういうことかわかる？　姉ちゃん」

神の奇跡だけではなく、この子自身が頑張った。私がそう伝えると、彼は首を横に振る。

「『臆病で悪かった。こんなことでは償《つぐな》いにはならんが』と助けてくれた人たちは俺に頭を下げていた。みんな子どもや両親や恋人や大切な人を聖女様に助けてもらったと言ってた。今の俺があるのは、姉ちゃんのお陰なんだ」

私の知らなかった真実。

手のひらを返したような態度の民衆が怖かった。でも、あの中にも私を信じ続けてくれた人はいたのだ。ただ、あの状況でそれを口に出せば、どうなるかわかりきっていたから口を噤《つぐ》んでいた。

臆病なんかじゃない。だって、危険を顧みず私の大切な弟を救ってくれたのだから。会うことはないだろう弟の命の恩人たちに、心の中で何度も感謝の言葉を繰り返す。

「……姉ちゃん」

リアテオルが小さい声で呼ぶ。彼は下を向いていて、その表情は見えない。

「何？　テオ」

「……あのとき、俺は怖くて動けなかった。家族を助けなくちゃいけないのに、ひとりだけ助かろうとする自分が許せなかった。……見捨ててごめん、姉ちゃん」

「テオは誰も見捨ててないよ、だから謝らないで」

リアテオルは絞り出すように言葉を吐き出していく。

リアテオルをひとりで残すのが辛かったように、この子だってひとりでいろんな思いを抱えて苦しかったのだ。今度は私がうつむいている彼の顔を両手で挟んで上に向かせた。

「リアテオル、生きていてくれてありがとう」

「……っ……姉ちゃん、生まれ変わってくれてありがと……ぅ……」

そうか、私はリアテオルに会うために記憶を持って生まれたのだ。

どうして私だけ前世の記憶を持って生まれてきたのか不思議だった。訳がわからない喪失感を抱えてずっと苦しかった。そして、家族に抱いていた想いを鮮明に思い出した今、さらに苦しくて仕方がない。

どこか物語のようだった前世の記憶は、もう物語なんかじゃなくなった。

でも後悔なんてしていない。苦しくても思い出せてよかった。

……もう二度と忘れないからね、テオ。

リアテオルは唇の右端だけをぎゅっと結んで、右目をかすかに上げている。その泣くのを我慢している表情は変わっていない。

昔の面影に頬を緩ませていると、ふと疑問が浮かぶ。

普通は生まれ変わりなんて信じない。それなのに、彼は私が前世の姉だと早い段階で気づいていたようだ。もちろん、私は前世の記憶を持っていると誰にも話していない。

「テオはどうして私だとわかったの？」

リアテオルは事の次第を説明してくれた。

礼儀正しい彼は己が不在のとき、第一騎士団に挨拶にきた黒き薬師のもとに自ら出向いた。その際、私が口ずさんでいる子守唄を扉越しに聞き、衝撃を受けたそうだ。

子守唄自体は有名なものだが、母が歌詞の一部を変えていた。それは家族しか知らないことで、もしやと思ったらしい。

しかし、そこで私だと判断するには至らないだろう。なぜ姉だとわかったのかと聞くと「音痴《おんち》だったから」と真顔で言われた。……そう。とても微妙な気持ちになった。

ただ、この段階ではまだ半信半疑だったらしい。

そのあと、私が彼のもとに挨拶に行き、扉を叩くときの間の空け方や、ちょっとした仕草とかすべてが前世の私と同じだったので確信したそうだ。

思い返すとあのとき、彼はろくに返事もせず背を向けた。なんて失礼な人だと私は憤慨《ふんがい》したけど今ならわかる。……きっとむせび泣いていたのだ。

「ごめんね、テオ。気づいてあげられなくて」

彼は騎士団内の差別意識や薬師を強引な手段で排除した聖女を危惧《きぐ》して、わざと私に辛く当たり追い出そうとしていた。

それでも、行き遅れだとか、あいかわらず下手とか言葉の端々にヒントはあった。無意識に私に気づいてもらおうとしていたのかもしれない……姉失格だ。

「姉ちゃんよりも俺のほうが一枚上手《うわて》だっただけだ。はっはは、そこは悔しがるところだろ？」

私が少し落ちこんでいるのを察して、彼はわざと生意気な言い方をしてくる。こういうところも変わっていない。私はその優しさに甘える。

「まったく生意気ね、弟のくせに」

「ああ、年上になったけど俺はずっと姉ちゃんの弟だ」

「当たり前。何があろうと、リアテオルは私の可愛い弟よ」

私が昔のように彼の頭をポンポンと優しく撫でる。

彼は照れながら「よしてくれ」と口では言っていたけれど、実際に止めることはなかった。

そんなことをしていると、リアテオルが何か言いたげな目をしていることに気づく。

「なあに？　テオ」

「その、あー、あれだ。ライカン副団長とのことなんだが……姉ちゃん、本気なんだろ？」

真っ赤になって聞いてくるのは止めてほしい。姉の恋愛事情を聞くのが照れくさいのはわかるけど、答えるほうまで恥ずかしくなってしまう。

しばらくふたりでもじもじしていたが、勇気を出す。

「うん。婚約は私を守るための偽《いつわ》りなんだけど、自然と惹かれていったかな……でも、どうしてわかったの？」

「ずっと姉ちゃんを目で追っていたからな。そして、ライカン副団長も姉ちゃんに好意を抱いている。まあ、あっちは一目瞭然《いちもくりょうぜん》だったから」

私と違って、なかなか鋭い弟だと感心する。

「それでだ。姉ちゃん、俺の養女にならないか？」

「いきなり何を言うの⁉」

今の私とリアテオルは中身はどうあれ、実際は他人でしかない。だから、正式に家族になるなんて考えてもいなかった。

驚く私にかまうことなく、彼は話を進める。

「ライカン侯爵家は問題を抱えているから、結婚を勧めたいとは思わない。だが、姉ちゃんが本気なら俺は応援する。ライカン副団長はいいヤツだしな。以前のあいつの軽さはどうかと思っていたが、今のあいつを見るとあれは演技だったとわかる。貴族が偉いとは思わないが、その身分は姉ちゃんを守ってくれるはずだ」

リアテオルは先のことを案じてくれていたのだ。平民と貴族の結婚は認められているとは言っても、実際にはうまくいかないものだ。

さらに私は孤児で、歓迎される要素はひとつもない。

彼からは強い意志を感じる。たぶんルイトエリンのことがなかったとしても、今世での私を守るために養女にしようとしてくれたと思う。

「ならないわ」

「焦ることはないよ、ゆっくり考えてほしい。もし俺と親子という形に抵抗があるなら、引退した養父に頼んで俺の妹という形で――」

「それもだめよ。私を養女として引き取ったら周囲から勘ぐられるわ。愛人を囲ったとね」

孤児院にいたとき、金持ちの助平爺《すけべじじい》たちは私を養女という名の愛人にしようとした。真実がどうだろうとも、周りからどう見えるかで事実は決まってしまう。

「妻にはちゃんと説明するから大丈夫だ。彼女ならわかってくれる」

「頭がおかしいと思われてこじれるだけよ」

突き放すようにそう言っても、彼は引き下がろうとはしない。

彼の妻がどういう人かは知らないけれど、弟が選んだ人なのだから素晴らしい人なんだと思う。もしかしたら、突拍子《とっぴょうし》のないこの話を信じてくれるかもしれない。

それでも、周囲の人たちからどう見られてもかまわないとは思えない。傷つくのは弟が大切にしている今の家族だ。彼が築いてきた幸せを壊したくない。

前世では守れなかったからこそ、今世では弟を守りたかった。

「リアテオル、私はあなたの何？　姉でしょ」

返事はないけれども、リアテオルはうなずいている。

昔からそうだった。私が本気のときは茶化したり反抗したりしない。信頼に値する年長者は敬《うやま》うように、と教えられて育ったからだ。

本当は両親の教えを利用して、押さえつけるような真似はしたくなかった。でも、両親はきっと許してくれるはずだ。自分よりも歳下の者を守るのは年長者の役目と、父は常日頃から言っていた。

「私はこのままでいる。あなたの姉だけど、それはふたりだけの秘密よ。いいわね？　リアテオル。もし約束を破ったら、もう私の弟じゃないわ」

「……わかった」

その口から発せられた了承の言葉とは裏腹に、彼は眉間に皺を寄せ、拳《こぶし》をきつく握りしめている。納得はしていないのだろう、でも受け入れてくれた。……それで十分だ。

リアテオルは自分を脅した私を恨んでいるだろうか。いいえ、きっとそんなことはない。私の真意は彼にも伝わっているはず。

「ありがとね、テオ」

椅子に座ってうなだれている弟の頭を抱きしめていると、ノックと同時に扉が開く。扉を開けたのは、ルイトエリンだった。

「……ヴィア」

「ルイト様……」

「ライカン副団長」

三人の言葉が重なり、私とリアテオルは慌てて体を離す。

「ルイト様、これは……」

そのあとの言葉は続かなかった。

リアテオルと私の関係は赤の他人でしかない。

私はルイトエリンから目を逸らしてしまう。

「ヤルダ副団長、上への報告は済みました。男たちは罪人として辺境伯に引き渡し済みです。ロレンシア・パールは尋問が済み次第、王都へ護送される予定です」

「ご苦労だった。オリヴィア・ホワイトはまだ意識が混濁《こんだく》しているようだ。あとは頼む」

リアテオルは咄嗟に誤魔化《ごまか》す。森でのことも含めてだろう。

「混濁《こんだく》ですか……それはヤルダ副団長もでしょうか？」

ルイトエリンは淡々とした口調で皮肉を言う。私たちの先ほどの抱擁《ほうよう》を指しているのだ。

何を言っても火に油を注ぐことになるとリアテオルは思ったのだろう、彼の言葉を無視したまま部屋を出る。

顔を強張らせたルイトエリンは、彼の背を睨《にら》みつけていた。

「ヴィア、ヤルダ副団長に何をされたんだ！」

ふたりきりになった途端、彼は私に駆け寄ってくる。リアテオルが私に強引に迫ったのではないかと疑っているのだろう。

「……何も。ちょっとまだ頭がはっきりしないだけ」

彼がハッと息を呑んだのがわかった。リアテオルの言葉が嘘だと、それに私が合わせていることも彼は見抜いている。

でも、彼はそれ以上何も言わなかった。私の目を見て、リアテオルが一方的に迫ったのではないとわかったからだ。

そして、ふたりの間に何かあることにも気づいた。胸のうちでいろいろ考えているだろうが、正解に辿《たど》り着くことなど不可能だ。

「俺では頼りにならないか？　ヴィア」

うつむく私と視線を合わせようと、彼はひざまずいた。

うまく誤魔化《ごまか》せる自信なんてなかったから、何も言えずに唇を噛みしめる。彼が傷ついているのがわかっていながら、何も伝えられないのが辛い。

でも、私は言わない。

今世では弟を絶対に守りたいから。

「ヴィア、話したくなったら聞かせてくれ」

彼の声音に嘘は感じられない。

彼は悲しそうに微笑みながら、ぽろぽろと涙を零《こぼ》す私を優しく抱きしめる。

私のすべてを包みこむことで、自分の想いを伝えてくれた。

――いつまでも待っている、と。


それから事態は急展開した。

当初、ロレンシア・パールへの尋問は時間がかかると予想された。本人がかたくなに否認したからだ。状況証拠だけで侯爵令嬢を罪に問えない。

しかし、ネミリのお陰で追いつめることができた。

ロレンシアは今回だけでなく、さまざまな悪事に手を染めていて、ネミリはその証拠を何かあったときの保険として密かに取っていたのだ。確実な証拠があったため自白は不要となり、重罪人ロレンシアは早々に王都へ護送されていった。

だが、これによってネミリもただの被害者ではいられなくなった。

犯罪に加担または黙認していたことが公《おおやけ》になったからである。侯爵令嬢に逆らえなかったという事情を考慮しても、やはり無罪放免というわけにはいかない。

取り調べを受けたあと、彼女もまた罪人として護送されていった。

そして、ここに来た目的である交渉は、順調に話し合いが進み平和的に解決した。

すべては終わり、あとは騎士団が王都に戻るだけとなる。

つまり、私が薬師として随伴《ずいはん》するのもあと少しになったのだ。

私とルイトエリンの関係は穏やかなままで、両思いだと確認した時点から何も進んでいない。ヤルダ副団長と私の抱擁《ほうよう》について、彼は決して触れなかった。

第八章　黒き薬師は決断する

「――イア、ヴィア。起きられるか？」

……無理で……す……

うとうとしていた私の耳元で、ルイトエリンが優しくささやく。心の中で返事をすると、くくっとこらえきれない笑い声が聞こえてきた。

「じゃあ、食べられるか？」

「ふぁぃ」

寝ぼけているにもかかわらず、いつものように口を開けて待つ。もはや条件反射だ。

口の中にひょいっと、彼が何かを放りこむ。初めての食感でかなり噛みごたえがあるけど、甘酸っぱい果汁がなんともいえず、病みつきになる味だ。一心不乱に噛んでいると目が覚めた。

うん、すごくおいしい！

私は今、彼と一緒に――いや、あいかわらず寝てばかりいるから、正しくは彼に抱かれながら――馬に乗っている。旅の途中で練習したけれど、結局ひとりで乗れるほど上達しなかったので、王都への帰路もこうしているのだ。周りからはさぞかし仲のいい婚約者同士に見えるだろう。

ロレンシアがいなくなった今も、私と彼は偽《いつわ》りの婚約を継続していた。期間限定の薬師としての仕事が終了するまでという約束だったからというのもあるけれど、婚約を解消して私がただの平民になると不埒《ふらち》なことを考える輩《やから》が出てくる可能性もあるからと、ルイトエリンが強く主張したからだ。

「これは、なんという果物ですか？　ルイト様」

「ルイヴィアの実だ。この土地でしか育たないから、ここでしか食べられないんだ。ヴィアは初めてか？」

「はい、初めて食べました」

孤児院を出てから今住んでいる森に行き着くまで、いろいろな場所に行ったが、ここに来たことはなかった。馬車を使っての旅ではなくひたすら歩いていたから、行動範囲はそれほど広くなかったのだ。

今回の旅では珍しい果物をよく食べている。

私が果物好きだと知ったルイトエリンが、こうしてせっせとおいしいものを口に運んでくれるからだ。周りからは餌付《えづ》けだとからかわれているけれど、今は開き直っている。

……いいえ、そうじゃない。私は彼との時間を心から楽しんでいた。

私たちはお互いに想い合っているけれど、それから先には一歩も進めずにいる。そして、彼は大人だから待ってくれていた。何があったんだと聞いてもこない。

それはただ優しいからではない。人は心の中で抱えているものを吐き出したら楽になれることが多いけれど、例外もあることを彼はよく知っているから。

何を話すか、どう話すか、いつ話すかは、それを抱えている本人が決めていいと、ただ寄り添ってくれている。

私は彼に甘えながら、これからどうするべきかを考えていた。そして、王都に着くまでにその答えを出すと決めていた。

今、待ってもらっているのは私の我儘《わがまま》で、彼をずっとそれに付き合わせるつもりはない。彼には彼の人生があって、私はそれも大切にしたいと思っている。

大切なものを持たない人生を歩むつもりだったけど、リアテオルと再会してその考えは変わった。どんな形だろうといつか別れは必ず訪れる。だがそれを恐れて、大切なものに背を向けるのは違う。

それはもうできない。今の私は大切に思う人、リアテオルとルイトエリンがいる。

彼の腕に少しだけ力がこもったので、何かあったのかと思って見上げると、口元をゆるめた彼と目が合う。

「ルイヴィアか……。子どもが生まれると、父親と母親の名前の一部を取って名づけることもあるが、この果物があるからルイヴィアは無理だな」

「……で、でも、おいしそうな名前も可愛くていいと思いますよ」

一瞬ドキッとする。

気づいたら私は返事をしていた。彼があまりにも自然に話すから、引きずられてしまったのだと思う。

……落ち着け、私の心臓よ。この会話に深い意味はない。あの果物の名前がルイテオだったとしても、たぶんルイトエリンは『俺とテオの子どもが生まれたら、この名前は無理だな』と茶化してたはず。

「母親がいつも涎《よだれ》を垂らしながら呼ぶのはさすがにまずいだろ？　ヴィア」

口角を上げたルイトエリンが、私をからかってくる。いくらなんでもそんなことはしない。

「ルイト様、子どもは食べ物ではありませんよ」

「じゃあ、飲み物かな？」

「……えっと、そうですね。小さいので食べる部分は――なんて思ってませんから!!　ルイト様、何を言わせるんですか！　危うく生まれる前の子を食料扱いする鬼畜《きちく》になるところでしたよ」

久しぶりの彼の軽口に不覚にもつられてしまった。これから子どもを産むかどうかは未定だが、もし恵まれたら可愛い我が子を食べる予定はない。ちゃんと愛情を込めて育てるつもりだ。

「はっはは、元気が出たな」

頬をふくらませて抗議する私を、彼はうれしそうに見つめている。悩む私を心配して、わざとこんな会話を振ってきたのだと理解する。

私を手のひらの上で転がすルイトエリン。でも、その温かい手の居心地は悪くない。

彼は風に吹かれて乱れる私の髪を直しながら、柔らかい笑みを向けてくる。彼がこの笑顔を見せるのは、私だけだと最近気づいた。

「どんなヴィアも素敵だけど、にぎやかなヴィアを見るのはやっぱりいいな」

今度は優しい言葉で私を包みこむ。彼の優しさに限界はないのだろうか。……きっと、ないと思う。

「うるさいですよ。それに怒っている私は素敵じゃないと思います。孤児院では『鬼ヴィア』と言われたこともありますから」

照れ隠しもあるけど、嘘を吐いたわけではない。

掃除当番をサボっている子に注意したら、そんなふうに陰口を叩かれていた。あのときは悲しくて仕方がなかったけれど、今思えば子どもなのにうまいこと言っていたなと感心する。

「こんな可愛い鬼がいるなんて最高だな。啖呵《たんか》を切るヴィアも、薬草水で第一のヤツらを黙らせるヴィアも、寝ながら食べるヴィアも、俺は全部好ましいと思っている」

「ふふ、歌が少しだけ下手でもですか？」

「もちろんだ、ヴィア。だが、少しじゃないぞ」

「そこは訂正しなくてもいいですよ、ルイト様」

優しさに限界はあったようだ。私が唇をとがらせると、彼は目を細めて「そんな素直な反応も好きだな」とつぶやく。

彼は自分の気持ちを押しつけたりはしないけれど、たわいもない会話の中でさらりと想いを紡ぐ。ただ待っているだけではなく、意外と策士なのかもしれない。蜘蛛《くも》のように見えない糸を張り巡らせ、私の心をしっかりとからめとっていく。

このまま流されるように、彼の想いに包まれてしまいたい。でも、底なし沼にはまるように、この先のことを考えられなくなると思うと怖くもある。

思っていた以上に彼を愛してしまっている。だからこそ流されるのではなく、冷静に考えて決めたい。

「ヴィアは子どもが好きか？」

「はい、大好きです。最近は熊も好きになりましたけど」

リアテオルを熊呼ばわりしているのではなく、リアテオルに似ているから熊も好きなのだ。

「熊？　まあ、それはどうでもいいが。もし結婚したとしたら何人欲しい？」

「けっ、結婚……？」

茹でた蛸《たこ》のように真っ赤になってあたふたしていたら、「仮の話だから」と彼は軽快に笑う。

そうだ、何を勘違いしているのだ。これは世間話というヤツで、具体的に相手を思い浮かべなくてもできる話だと気を取り直す。

「えっと、そうですね。子どもたちにひもじい思いをさせずに養っていけるなら、何人でも欲しいです」

前世の記憶で家族がどれほど温かいものかは知っている。以前だったら、家族を持つことさえ考えなかっただろうが、今はそんな人生もいいなと思っている。実現するかどうかは別だけど。

「ヴィアは男の子と女の子どっちが欲しい？」

「特にこだわりはありませんが、叶うならどっちもいたらいいですね」

「名前にこだわりはある？」

「うーん、特にはありません。でも、奇抜な名前は避けたいです」

馬上の揺れに合わせたような、軽快で和《なご》やかな会話が心地いい。

「同感だ。名前は最初の贈り物だからな」

「ええ、心を込めて考えたいですね」

「ヴィアとなら素敵な名前が浮かびそうだ」

「……っ……！　……反則ですよ」

仮の話だったはずなのに、彼は私との未来を語っているとさらりと告げてくる。泣きたいほどうれしいのに、私の中でまだ答えは出ていないから答えられない。

「すまない、ヴィア。心の声が漏れてしまったようだ。さっきのは聞かなかったことにしてくれ」

彼は何が反則なのかと聞いたりはしない。私が受け止めきれるギリギリのところを見極めて、自分の想いを伝えてから引き下がる。

優しい策士ルイトエリン・ライカンは私に歩調を合わせながら、私の心を奪っていく。

……ずるいですよ。

彼はさっきの話を引きずることなく話題を移す。何が食べたいとか、あの花が好きだとか、本当にどうでもいいことだけど、どんな話題でも彼と一緒だと笑いが絶えない。

「ヴィア、薬師の仕事は好きか？」

「好きですね、人が喜んでくれるのでやりがいがあります。ルイト様は騎士の仕事は好きですか？」

「性に合っていると思ってる。いろいろあって第二騎士団に配属されたが、それも今となっては神に感謝しているよ」

「たしかに、第一に配属されていたら最悪でしたね」

もし彼が第一に入っていたとしても、あの雰囲気に染まることなく、リアテオルのように己の考えを立派に貫いていたと思う。

でも、彼はやはり第二騎士団がよく似合っている。

「第二になって、大切な人に会えた。それって誰だと思う？」

私は前を向いているから、ルイトエリンの顔は見えない。でも、私のお腹に回っている腕が私を少しだけ引き寄せる。大切な人の名は言葉にしていないから、これじゃ反則だとはいえない。

「ルオガン団長ですか？」

「それもひとりだな」

「テオ様ですか……」

「ああ、テオもそうだな。あいつにはいろいろと助けられた」

私は第二の騎士たちの名前をひとりずつあげて、彼はひとつずつ肯定していく。彼の声音は弾んでいる。そして、私は全員の名前を言い終わった。

「質問はもう終わりか？　ヴィア」

「……終わりです」

これ以上は聞いてはいけない。聞いたらきっと彼の腕から出られなくなってしまう。

彼は苦笑いしてからこの話題を終わりにする。

私はほっとしながらも、少しだけ、ほんの少しだけ、寂しさを感じていた。自分から一歩引いたくせに、踏みこんでこない彼に物足りなさを覚える。

両立しないふたつのものを求めるなんて、本当に私は欲張りだ。そんな自分に呆れていると、彼は私の耳元に口を寄せる。

「オリヴィア・ホワイト」

「……はい？」

振り返ろうとしたけれど、真横に彼の顔があるので動くことはできない。

「俺にとって特別に大切な人の名前だ」

そう言いながらルイトエリンは、私の髪に口づけを落とす。それは触れるか触れないかわからないほどで、馬の揺れのせいだと言われたらうなずくしかない。

「……本当にずるいです、ルイト様」

「そうか？　心の声が漏れてしまっただけだから、許してくれ。ヴィア」

彼はまた私の髪に口づける。けれども、今度は私に見せつけるように、その手で髪をうやうやしくすくっていた。

「……っ、副団長なのに漏れすぎですよ」

前を向いていてよかった。だって、私は泣きそうになっているから。先のことを考えれば考えるほど胸が苦しくなって、何が最善かわからなくなっていく。

「ヴィア限定だからかまわない」

声が震えているのに、彼はきっと気づいている。でも気づかないふりをしてくれる。今は踏みこむべきではないと思っているのだ。ずっとこのまま時間が止まってしまえばいいのに。

溢《あふ》れる涙を気づかれないようにそっと拭《ぬぐ》うと、彼は私をその腕に閉じこめるように包みこむ。

「ヴィア、俺の胸で泣いてくれてありがとう」

「……甘やかし、すぎで……っ……」

人を愛するってこんなに難しいとは思わなかった。

彼の腕の中で甘えていると、いつの間にか馬上から見える景色に人の姿が増えていて、もうすぐ王都に到着するのだと気づく。もう時間切れだ。

「ルイト様。ずっと待っていてくれて、ありがとうございました」

彼が考える時間をくれなかったら、私は自分の気持ちに流されて判断を間違えていただろう。

私は馬の揺れに合わせて、さり気なく彼から体を離した。自分から離れたくせに、彼の温もりが恋しい。もう、その権利は私にはないのに。

「ヴィア。先に俺の気持ちを伝えておきたい。いいか？」

私がうなずくと、彼は続ける。

「俺は君を愛していて、生涯をともにしたい。ただ、まだ時間が必要なら俺は待つつもりだ。一年だって、十年だって、三十年だって、いつまでも待つ。だから無理に今答えを出さなくていいんだ、ヴィア」

私の考えていることなど、彼にはお見通しなのかもしれない。

ルイトエリンの想いはまっすぐでとても深い。私がここでうなずけば、彼はきっと私だけを見続けてくれると思う。

しかし、私は王都を去ると決めた。

リアテオルと私は人前では普段通りでいようと決めたけれど、あの子の私への態度は以前とは違う。その眼差しを違う意味に捉える者が出てくるのは時間の問題だ。

ルイトエリンとリアテオル——どちらも私にとって大切な存在。ただ私はあの子が生まれた瞬間から姉だから、あの子を守りたい。これだけは譲れない。

ルイトエリンと一緒に王都から離れることも考えたけれど、第二騎士団は彼が自分で築いた大切な居場所だ。それを捨てさせたくない。そもそも『理由は話せないけれど、今までの生活を捨ててください』なんてお願いできるわけがない。

仮に、彼とともに王都を去ったとしても、その先に待ち受けているのは穏やかな生活ではない気がする。私が秘密を抱えていることを知っている彼は、些細《ささい》な言動に何かあるのではと、疑心暗鬼《ぎしんあんき》になるかもしれない。私もまた、そんな彼を見て彼の気持ちを疑うようになるかもしれない。

いつかお互いに苦しくなる日がきっと来る。ルイトエリンを幸せにできないのなら、せめて彼の人生の邪魔はしたくない。

「時間を無駄にするのはやめましょう。答えが変わることはありません。今までお世話になりました。私は森に帰って平穏な生活に戻ります。ルイト様は王都でお元気にお過ごしください」

私は前を向いたまま素っ気ない言葉を紡いだ。

彼は素晴らしい人だ。容姿だけでなく中身も、身分も申し分ない。出会った頃の彼は鎧《よろい》で心を覆っていたけれど、今は違う。

そんな彼には、いつかふさわしい人が現れるはずだ。だから、私との別れに思いを込めた言葉なんていらない。……さっさと忘れてください。

でも、私はきっと永遠に彼を忘れない。

「ヴィア、無駄じゃない。君が何を抱えているのか知らないし、無理に聞こうとも思わない。だが、ヴィアが吐き出したくなったときに隣にいたい。それが俺の望みだ」

「私はそんなに弱くありません」

その必要はないと、強い口調で伝える。

「無理に吐き出さなくてもいい。だが、ひとりですべてを背負いこんでいる君を支えたい」

「支えなんていりません。今までだってひとりでたくましく生きてきました」

「愛しているから、ただ寄り添っていたい。それを俺に許してくれないか？　ヴィア」

何度突き放しても、彼は一歩も引かなかった。

さっきまで私のギリギリを見極めて引いてくれていたのに、今の彼は強引だ。彼はわかっているのだ。ここで引いたら、完全に終わることが。

――でも、私は終わらせる。

引き伸ばしたら、それだけ彼の時間を奪うことになる。私は愛する人に幸せになってほしい。そのためなら手段は選ばない。

婚約者である私たちの仲を邪魔しないように気遣ったのか、周囲に並走する馬はいなかった。

告げるなら、今だ。私は振り返って蔑《さげす》んだ目で彼を見る。

「これだから真面目な男って嫌なんです、遠回しに言っても全然通じないんだから。私たちの関係は期間限定のお遊びです！　外套《がいとう》を被って生活していた本当の理由を教えてあげます。適当に男たちと遊ぶためですよ。でも本気になられたら困るし、女たちから反感を買うと面倒なので、遊ぶときだけ素顔を晒《さら》していたんです」

私がひどい言葉をまくし立てると、ルイトエリンは顔を歪《ゆが》ませた。

こんな彼を見ると、苦しくて息ができなくなる。でも、目を逸らしたりはしない。私が始めたことだ、最後までやり遂げる。

……嫌って、いいえ、大嫌いになってください。

思い出は美化されるものだ。それなら私たちの思い出をすべて壊せばいい。未練なんてひと欠片も彼の中に残さないと、私はせせら笑う。

「王都に連れてこられて、遊べなくて困っていました。なので、偽《いつわ》りの婚約は渡りに船でしたね。堂々と恋愛ごっこを楽しめるんですから。でもちょっと刺激が足りなくて、ヤルダ副団長にも手を出しました。あっ、怒らないでくださいね。私を満足させなかったルイト様がいけないんですから」

「ヴィア、もうやめろ」

苦しそうに声を絞り出すルイトエリン。

――やめない、まだ大丈夫、私はまだ頑張れる。もっと笑え、私！

笑みを保つために、握りしめた拳《こぶし》の中で爪を立てた。鋭い痛みが私を支えてくれる。私は妖艶《ようえん》な手つきで彼の頬を、いたぶるように撫でてみせた。

彼は目を見開き何かを言おうとするが、私は人差し指を彼の唇に当て許さない。

「これが私が抱えている秘密ですよ。隣で支える？　はっきり言って迷惑です。いろんな男と遊べなくなりますから。これでお別れなんで特別に教えてあげましたけど、言い触らしたりしないでください ね。ルイト様」

「ヴィア、もうやめてく――」

「あっ、そんな心配は不要でしたか？　ふふ、二股かけられていたなんて恥ずかしくて言えませんよね」

彼の懇願を無視して言葉を被せる。

「ヴィア、もういい。もういいから……」

声を震わせながら彼が手を伸ばしてきた。

……私はちゃんと彼に嫌われただろうか。

そんな心配はきっといらない。こんなふうに罵倒されて平気な人はいない。私の演技は完璧だった。

彼に殴られるのを覚悟する。

それだけのことを私は口にした。それに、最後にあの温もりにまた触れることができるのならどんな形でもかまわない。

「泣くな、ヴィア」

「……っ……。……雨ですね。いつの間に降っていたんでしょうか……」

雲ひとつない空を見上げながら、私は嘘を吐く。

私の頬に触れた彼の手は濡れていた。いつから泣いていたのだろうか。

「……ルイトエリン・ライカン。さようなら」

私は笑って別れの言葉を告げる。溢《あふ》れる雨のせいで視界が歪《ゆが》んで、彼がどんな顔をしていたか見えなかった。


馬上での私たちの会話はこれが最後となった。そして、私の頬を濡らす雨は王都に着く前に止んでくれた。

予定通りに王都に到着すると、町は奇跡の偽聖女の話題で持ちきりだった。

ロレンシアが言っていた通り、パール侯爵は娘の裏の顔までは把握していなかった。爵位を取り上げられはしなかったが、重罪人を出した貴族の家が無傷のままでいられるはずもなく、重要な役職から解任され、社交界での居場所も失った。

噂《うわさ》では、娘と一度も会うことなく領地に引きこもっているとささやかれている。

一方、ネミリの両親は爵位を自ら返上し、その財を投げ出し被害者への償《つぐな》いに奔走しているという。また、許す限り牢に足を運んで娘とも面会しているらしい。

両家の対応の違いは大きい。罪を犯した子どもと向き合うのは辛いことだろう。でも、親ならば最後まで子どもを見捨てないでほしいと思ってしまう。

もしかしたら、ロレンシアがああなったのは親に原因があったのかもしれない。そう思うとやるせない気持ちになる。法ですべてが裁けるわけではない。

まあ聖女の件でゴタゴタはあったけれど、それは上にとっては重要なことではなく、和平交渉がうまくいったから、騎士団を出迎えた偉い人は終始ご機嫌だった。……私を無視していたけど。

パール侯爵家の圧もなくなったので、騎士団の専属薬師たちも無事戻り、私は予定通りお役御免となる。もちろん、それと同時に婚約も解消した。

私は第二騎士団で別れの挨拶をするときに、この婚約が偽《いつわ》りだったことを自ら伝えた。

みな驚いていたけれど『ふふ、私とルイト様は迫真の演技だったでしょ？』と笑って誤魔化《ごまか》した。

これで、ルイトエリンに婚約解消という汚点はなくなった。

テオドルだけは納得がいかないという顔をしていた。彼は一番近くで私とルイトエリンを見てきたから、私たちが想い合っているのに気づいていたのだろう。

聞きたそうな顔をしているけど、彼は唇をかみしめて口を噤《つぐ》んだ。……彼らしいなと思った。

「いつか黒き薬師は名女優になってるかもな～」

「たぶん、なりますね。でも、あと三日ほど待ってください。その頃には看板女優になっていますから」

誰かがふざけて口にした言葉に私も乗っかった。すると、周囲からどっと笑い声が上がる。いくらなんでも、三日はないだろと突っこむ声が次々に聞こえてきた。

――これでいい、別れの挨拶が湿っぽくなるのは私らしくない。

お世話になった第二の騎士たちひとりひとりの笑顔を目に焼きつける。短い間だったけど仲間として対等に扱ってくれた彼らのことを、私は一生忘れない。

それから私は森に帰り、黒い外套《がいとう》で顔を隠した以前の黒き薬師に戻った。世間には第二の騎士たちのような人もいるとわかったけれど、ひとり暮らしなので用心するに越したことはない。

数日間は何も手につかずに、ひたすら泣いていた。こういうときは森の奥深くでひっそりと暮らしていて本当によかったと思う。

どんなに泣き叫んでも誰にも聞かれることはない。

今日も私は静かな森の中で、遠く離れた王都と繋《つな》がっている空を見上げている。

「ひっく、……うぅっ……、ルイト様。幸せになって……ください。大好きですから、絶対に幸せになってくれないと怒りますから。……ひっく、もし不幸になったら本気で呪います……」

支離滅裂《しりめつれつ》で、もはや呪おうとまでしている私。でも、不幸な人を呪ったらより不幸になるのではと考え直す。

「……幸せになる呪いを考えてから、ひっく、……呪いますね。だから、首を洗って待っていてくだっ……さぃ……」

思いっきり叫んでいると、バサバサッと鳥たちが迷惑そうに飛び立っていく。置き土産《みやげ》を大量に残していき、ルイトエリンと初めて会った日を思い出してしまう。

鳥たちのせいで涙がまた溢《あふ》れてくる。

「うっぅ……いつか焼き鳥にしてやる……から……」

涙をぽろぽろと流しながら、私は空に向かって拳《こぶし》を突き上げていた。

第九章　黒き薬師はその手を掴んで離さない

ある朝目覚めると、私は唐突に旅支度を始めた。

私には秘かに目標としている人がいる。それはゴーヤン王国の薬師サリーだ。ゴーヤン王国は多くの優秀な薬師を輩出していることで有名な国である。

その国で、なんの後ろ盾もなく努力と薬草に対する知識のみで這《は》い上がった伝説の人、それがサリーだ。

ずっと憧れていて、いつか教えを請いたいと思っていたけど、ゴーヤン王国は遥か遠くにあり、気軽に行ける距離ではなかった。

でも、今の私には騎士団から支払われた給金があり、それは往復の馬車代には十分な額だった。

『よしっ、ぱあっと全部使おう！』と、私は昨晩ベッドの中で決めたのだ。

決して投げやりになっているわけではない。

ただ、うじうじしている私をルイトエリンは喜ばないと思ったのだ。彼は楽しそうな私を見るのが好きだと笑ってくれた。

だから、私らしくいたい。彼に会うことは二度とないから意味がないと誰かが思ったとしてもかまわない。彼が好きになってくれた自分を誇りに生きていく。そして、お婆さんになってもルイトエリンを想って、ひとりで笑っていたい。

そのためには、より前向きな自分が必要だ！

ということで、私は乗り合い馬車を乗り継ぎ、休むことなくゴーヤンへ向かった。


彼《か》の地に到着し、目的の薬草院を意気揚々《いきようよう》と訪ねる。

「会えないってどういうことですか!?」

「申し訳ございません、サリー様は新婚旅行に行っております」

「……心魂《しんこん》旅行？　それは薬草に気合を込める儀式に参加しているということでしょうか？」

受付の人は横を向いてぷっと笑ったあと、咳払いして私のほうに向き直る。

「いいえ、結婚した者が夫婦で最初に行く旅のことです」

「えっと、私が会いに来たのはあまり若いとはいえないサリー様なのですが……サリー違いではないでしょうか？」

「いいえ、当院にはサリーという名前の薬師は彼女しかおりませんので、間違いではありません」

まさかの伝説の人は不在だった。

研究熱心で薬草院にほとんど寝泊まりしていると聞いていたから、勝手にいると思いこんでいた。

それに薬師サリーは美人な行き遅れで有名だったから、結婚している可能性など考えていなかった。

完全に私の落ち度である。

手持ちのお金は往復の旅費でほぼ消えるので、宿に泊まる余裕はない。でも、数日なら野宿でもしてなんとか待てるはずだ。

「あの、いつ戻られますか？」

「永遠に帰ってこないかもと浮かれて……ではなく申しておりました。なので、二、三か月は帰ってこないと思います」

浮かれる気持ちはよくわかる。好きな人と結婚するとはそういうことだ。うらやましすぎる……いろんな意味で落ちこんでしまう。わかりやすくうなだれる私を、受付の人は心配そうに見ている。その優しさが心にしみる。

「サリー様におめでとうございますとお伝えください」

私は心を込めて祝福の言葉を告げて、薬草院をあとにした。気分転換に観光しようかとも思ったけれど、お金がないから諦める。

そして、私はとんぼ返りで住み慣れた森に帰って、何事もなかったかのように薬草を摘んでそれを売るという平穏な生活に戻った。


……ん？　これって……

数日後、私ははたと自分がより前向きになっている事実に気づく。

だって、大金をどぶに捨てたのに全然気にしていない。よくショックでご飯が喉《のど》を通らなくなると聞くけど、私はもりもり食べている。

これってすごいことだ！　と思っていると、すかさず『いやいや、それは違うから！』と理性が言ってくる。……まあ、いい。そこはスルーしよう。

結果よければすべてよしということで、今回の旅の目的はある意味達成したのである。

いつものように森の奥で薬草を採取していると、私は息絶えた母熊のそばで鳴いている子熊に遭遇した。まだ人間を恐れることを知らない子熊は、庇護者を求めるように私に近づいてくる。

「ごめんね、私は面倒を見てあげられないの。ひとりでたくましく生きていきなさい」

私はそう言いながら子熊に背を向けた。人が手を出したら野生に戻れなくなる。かわいそうだけど、長い目で見ると突き放すのが正解なのだ。

「ガゥ、ガゥ」

「だから、ついてきちゃだめよ」

「ガゥゥ？」

結局、子熊は勝手についてきて、ボロ小屋の近くに居着いてしまった。

無理矢理追い払うこともできたけれどしなかった。子熊を見ていると、時々リアテオルが近くにいるような気がするからだと思う。

あの子とはあれから会ってはいない。人目を忍んで会うのは年に一度だけと決めている。

彼は頻繁に手紙を送ってくるけれど、私は返していなかった。万が一彼の妻がそれを見たら、若い女性と夫の文通をどう思うかなんて考えなくともわかるからだ。

手紙にはルイトエリンのことは一切書かれていなかった。あの子なりに気を遣っているのだろう。

「ルイリア、ご飯よ」

私が餌の皿を地面に置くと、子熊は一目散に飛んでくる。

「ガウガウ」

「ほら、そんなにがっつかないの。誰も取らないからゆっくり食べなさいね」

子熊はルイリアと名づけた。ルイトエリンのルイと、リアテオルのリアだ。彼らのように立派に成長してほしいという願いを込めたけれど、今のところその気配はない。

ちょっと抜けている熊なのだ。木に登ってはすぐ落ちる、川に入ったら魚にビビって固まる、兎が跳ねたら全力で逃げる。完全に熊失格である。まあ、そんなところも可愛いけどね。

手がかかるぶん、泣く暇がなくなり、ある意味私はルイリアに救われている。子熊がいる生活は新たな日常となっていた。

「ルイリアはいつまで私のそばにいるの？　出ていくときは教えてね。いつの間にかいなくなっていたら流石《さすが》に心配するから」

熊は答えないとわかっているけど、ひとり暮らしが長いとなんに対しても話しかけてしまうのだ。

「その名前、やめないか？」

何と熊が喋った……とは思わない。以前、喋る熊だと思ったのはリアテオルだった。私はご飯をパクパク食べているルイリアの体をひっくり返してみる。だましたな、偽子熊め！

「何をしている？」

「えっと、留め具はどこかなと探して……中に誰が入っているのかなっと」

ご飯の途中だったから、ルイリアは「ガウガウッ」と唸《うな》る。この期に及んでまだ熊の真似を続けるとは、もう正体がバレているのに仕方がない誰かさんだ。

「いや、どう見ても子熊だからやめてやれ。それに、俺の声を忘れたのか？」

子熊と格闘する私の後ろから声が聞こえてきた。

……この声をずっと聞きたかった。胸がぎゅっと締めつけられて、じんわりと目頭が熱くなる。

「……。……誰？」

振り返らずにいると、少しの間があって声がまた聞こえてくる。

「まさか、本気で誰だかわからないのか……」

「ふっ、まさかですよ。ちゃんとわかっています。ただ、どれほど症状が進んでいるのか確かめるために聞いてみただけです」

「一体何を言っているんだ？　ヴィア。話がまったく見えないんだが……」

王都を離れて三か月が過ぎた。とうとう私は彼恋しさから、幻《まぼろし》を生み出したようだ。

症状はかなり深刻そうだ。幻聴は消えることなく、私と普通に会話までしている。その声音、話し方、すべてがルイトエリンそのものでとても生々しい。息遣いまで感じられる。

私も薬師の端くれなので、そういう症例を耳にしたことはある。思いつめた人は心の穴を埋めるために、望んでやまないものを作り出すそうだ。まさか自分がそうなるとは思わなかったけど。

「いいんです、わからなくとも。あなたは幻覚だから細かいことは気にしないでください」

「……いや、違うぞ。これは現実だ、ヴィア」

「幻覚はみんなそう言うんですよ」

「……みんな？」

「ええ、みんなです」

これでも自分が壊れ始めている事実に凹んでいるのだ。もうそっとしておいてほしい。

……早く消えてくださいね。

私がため息をつきながら適当に答えると、間髪《かんはつ》を容《い》れずまた声が聞こえてくる。

「幻覚をしょっちゅう見るのか？」

「初めてですよ。さっきのは言葉のあやです」

「そうか、安心したよ。ヴィア」

幻覚のくせに聞き流せないらしい。こういうところも、ルイトエリンに似ている。まさに彼の反応そのものすぎて余計に虚しくなる。なんで、もっと質の低い幻聴じゃないのだろうか。せめて声が高めとか、口調が少し横柄とかなら、こんなにも辛くならないのに。

「もう、うるさいですよ。幻覚のルイトエリンは黙ってください！」

そう怒鳴って振り返ると、やはり立派な幻覚が立っていた。

超絶美形なのも、たくましい体も、艶やかな髪も、右頰にあるかすかな傷痕《きずあと》も、すべて忠実に再現されていて涙が止まらなくなる。

自分が作り出した幻《まぼろし》だと言い聞かせても、記憶にある愛しい人にしか見えない。

「ヴィア、俺は幻《まぼろし》じゃなくて本物だ」

「……っ、……偽者は偽者だと名乗りませんから」

幻覚の手が私の頰に触れてくる。私が何も言わずにいると、今度はそっと抱きしめてきた。

「まだ信じられないか？」

……ああ、まるで本物みたいだ。信じたい、でも信じられない。

あんな別れ方をしたのに彼がここに来るはずない。それに本物ならば、こんなに優しくするのではなく、私に侮蔑《ぶべつ》の眼差しを向けるだろう。

「幻覚や幻聴は自分の体験や知識を基に作られると聞いたことがあります。これは私がすでに体験したことです」

別れを告げたあの日も、今のように彼は私に触れた。馬に乗っているとき、今みたいに優しく抱きしめてくれた。

心に刻まれているから、精巧な幻《まぼろし》を作り出すのは簡単だ。

毎晩夢に彼が出てきた。目の前にいる彼のように私に微笑みかけながら甘い言葉をささやいて、目覚めると消えていた。毎朝、目の腫《は》れを冷やすことから私の一日は始まっていた。

彼は夢から抜け出してきた幻《まぼろし》だ。

……こんな残酷な幻覚を見せるなんて、あんまりです。神様。

「それなら、これはどうだ？　ヴィア」

頬を撫でていた彼の手が、私の顎へ移動し顔を上に向かせる。

背の高い彼は屈《かが》んで、少し顔を傾けながらゆっくりと近づいてきて、お互いの吐息を感じる距離で一瞬だけ止まる。

そして、微笑みながらその唇を優しく重ねてきた。

柔らかくて初めて知る感触、これは幻《まぼろし》なんかじゃない。

振り払えば簡単に彼の腕から抜け出せるのはわかっていた。でも私は動けなくて、彼は離れようとしない。

まるで永遠に続くかと思われるほど長い時間が過ぎていく。ただ、立っているだけなのに、体から力が抜けてくらくらしてくる。

初めての口づけだからうまく息ができない。止めてほしくないと思ったけれど、苦しくて思わず彼の胸をトンッと軽く叩く。

彼は名残惜しそうな表情をしながら、ゆっくりと唇を離す。

「ヴィア、気づかなくてすまなかった」

「……ルイト様」

「やっと、本物だって認めてくれたな。元気だったか、ヴィア」

「はい。でも、どうしてここに……」

答えを求めて彼を見ると、彼は「ヴィアを守るって約束しただろ？」と優しく笑う。

聞きたいことはたくさんあるし、このまま流されてはいけないとわかっているけれど、彼の胸に顔を埋《うず》めて思いっきり泣いていた。

「俺の胸でまた泣いてくれてありがとう」

彼は強く抱きしめてくる。

どうして彼を前にすると涙腺が脆《もろ》くなるのだろう。

答えはわかっている、彼を愛しているからだ。

何を話せばいいのだろう。お互いの気持ちは変わっていないけれど、状況も何ひとつ変わっていない。私は何も話せないのだ。

「こらっ、かじるな、俺は食いもんじゃないぞ」

「ガウッガウッ！」

足元に目をやると、ルイリアがルイトエリンの足に噛みついていた。

どうやら私がいじめられていると思って、助けようとしているらしい。兎にも負けるルイリアにそんな勇気があるとは意外だった。

「ルイリア、やめなさい。この人は大丈夫だから。それにあなたの名前の一部は彼からもらったのよ」

ルイトエリンは眉間に皺を寄せ、とても嫌そうな顔をする。そういえば、子熊の名前について彼が文句を言っていたのを思い出す。自分の名前の一部が熊と同じなのが気に入らないのだろうか。

「ルイト様の名前を勝手に使ってはいけませんでしたか？」

「俺のというよりも、その組み合わせが嫌だ。俺とヤルダ副団長が親密な仲みたいじゃないか。想像してしまって気持ちが悪い」

「なんで……」

そのあとの言葉は続かなかった。リアテオルの今の名前はアルソートだ。普通に考えて『リア』とヤルダ副団長が結びつくはずがない。

彼は知っているのだ。

どこまで？　いや、どうやって知ったのか……

考えなくともわかる、私が話していないのだから、リアテオルから聞いたのだ。

でも、あの子は私との約束を破る子ではない。今は私のほうが歳下だけれども、前世と同じように私のことを姉として敬《うやま》ってくれてる。

それでは脅されたのだろうか。誰に？　この場合、目の前にいるルイトエリンしか考えられない。

だが、彼はそんなことをする人ではないのを私はよく知っている。

考えれば考えるほどわからなくなっていく。

混乱していると、彼は体をそっと離し、胸元に手を入れ白い封筒を取り出した。

「まずはこれを読んでくれないか。話す前に渡してほしいとヤルダ副団長から預かってきたものだ」

封はされていなかった。それはリアテオルが彼を信頼している証だった。封筒の中には一枚の紙が入っており、そこにはあの子の字で短い文が綴《つづ》られていた。

姉ちゃんへ
ごめん、約束を破った。でも、これは遅い反抗期として大目に見てください。詳しいことはこの手紙を託した者が説明してくれます。

可愛い弟より

手紙に書かれた文字がぽつりぽつりと滲《にじ》んでいく。

……っ……テオ……反抗期って何よ、いくらなんでも遅すぎるわ。四十過ぎて使う言葉じゃないでしょ！　でも、私はお姉ちゃんだから、許してあげるから……ね……

あの子は私に黙って何かをしたのだ。だからルイトエリンがここに来ている。

「いい歳したおっさんが、自分のことを可愛いなんて図々しいよな」

茶化すような口調に私の肩から自然と力が抜けていく。深刻な話題を楽に話せるような雰囲気にしようとしている。彼らしい気遣いだった。

「ほんとね。でもすごく可愛かったのよ、昔はね。今でも私から見ると十分に可愛いけど」

「熊みたいなのに？」

「熊みたいでもです」

彼は信じがたい事実を受け入れてくれている。リアテオルはどんな魔法を使ったのだろうか。彼が「親馬鹿ならぬ、姉馬鹿だな」と呆れたように笑うと、つられて私も笑っていた。

「仕方がないわ。だって弟っていくつになっても可愛いでしょ？」

「それはそうだな。俺もケイルートが可愛くって仕方がない。それじゃ、そろそろ説明を始めようか？　ヴィア」

「お願いします、ルイト様」

私が落ち着いて話を聞ける状態になり、彼は私が去ったあと、何があったのか話し始める。

ルイトエリンは一度だって私の愛情を疑ってなどいなかった。ただ、私の固い決意を感じていたから、闇雲《やみくも》に想いを押しつけて苦しませたくないと一旦引いたそうだ。そして、私が演技をしてまで自分から離れることを選んだ理由を彼は必死になって調べたという。

「いくら調べてもわからなかった。ただ、ヤルダ副団長が関係しているとは思っていた。帰路でヴィアに向ける彼の眼差しには尋常ならぬ想いが込められていたからな」

「ルイト様は、……その、男女の関係だと一度も思わなかったんですか？」

「それはない。ヴィアからは俺への想いが滲《にじ》み出てたし、彼の目には男の欲はなかった。だから、俺はヤルダ副団長に問いただしたんだ」

素直にリアテオルが話したのかと問うと、彼はうなずきながらわずかに目を逸らす。

……怪しい。私は下から覗きこむように彼の顔を見上げる。

「……絶対に引かないでくれるか？　ヴィア」

彼は片手で顔を覆い、その指の間から懇願するように私を覗き見る。こんな彼は初めてだった。その目につられて私がこくりとうなずくと、彼はほっとしたように深く息を吐く。それから、どんな手段を用いて真実に辿《たど》り着いたのか話し始めた。

当初、リアテオルは無言だったという。さすがは私の弟である。

だが、ルイトエリンは時間が許す限りリアテオルのもとに足を運んだ。呆れたリアテオルは彼のことを無視したそうだ。

そして、一か月後。

『いい加減にしろっ、ルイトエリン・ライカン！　お前のせいで私たちが深い仲だとあらぬ噂《うわさ》が流れている。妻に誤解されたらどうしてくれるんだ。用もないのに来るのは、今すぐやめろ。そして、ちゃんと噂《うわさ》を否定しろ』

青筋を立てたリアテオルに怒鳴られた。

噂《うわさ》を流したのはルイトエリンではないが、こうなると彼は確信していたそうだ。実際、彼は男性からも好意を寄せられることが多々あったらしい。

『いいですよ。では、取引しましょう』

『断る！』

『それでは、噂《うわさ》が事実だと認めましょうかね……別に俺は周りからどう思われようと、どうでもいいです。ヴィアがいない人生なんて俺にとってごみ同然ですから』

『貴様！』

激昂《げっこう》するリアテオルに、ルイトエリンは私への想いを素直にぶつけた。それから深々と頭を下げてどうか協力してほしいと懇願した。

『……信じない』

『それは俺が信じられないから言えないということですか？』

『違う、俺の言うことをお前は信じられないという意味だ』

『必ず信じます、だから話してください』

こういう過程を経て、ルイトエリンは真実を知ったそうだ。真剣に想ってくれたからこそ手段を選ばなかったと思うとうれしいけれど、その一方で、リアテオルには心から同情した。「ごめんね、テオ」と遠く離れた王都にいる弟に心の中で謝っておく。

生まれ変わりなんて荒唐無稽《こうとうむけい》な話を信じたのかと聞くと、最初は信じられず、胸ぐらを掴んで殴ろうとしたらしい。

だが、その目が嘘を吐いている者のそれではなかったから、直前で拳《こぶし》を止めたという。

「だから、信じることにした」

「それだけでですか？」

「今思い返しても不思議でしょうがない。なんで信じたのか。たぶん、あのときの俺はそれしかすがるものがなかったから、必死だったんだろう。我ながら呆れるほど、俺の頭の中にはヴィアのことしかなかったんだ」

私が王都から去ったあと、リアテオルはまず妻に理解してもらおうと必死に動いていたらしい。

それを知ったルイトエリンは何か証明できる手がかりがないかと、リアテオルがアルソート・ヤルダになる前の足取りを調べた。けれども、何人もの人によって守られてきたのが仇《あだ》となり、痕跡は完全に消されていたと確認できただけだった。

『『信じてください！』』

ふたりはなんの証明にもならない調査結果を手に、リアテオルの妻に土下座した。もちろん、信じてもらえず、冷ややかな視線を向けられた。だが、彼らは毎日それを繰り返したという。

「心が折れなかったの？」

「全然。何十年かかろうとも続けるつもりだった。俺の想いは君が思っている以上に重いんだよ。

彼の妻に信じてもらうのに一か月かかった。ヴィア、お待たせ」

今すぐにでも彼の胸に飛びこみたい。でも、不安はやはりなくならない。

「リアテオルの家庭が私の存在で壊れるようなことはない……？」

「弟のことを大切に思っている姉がいるだけだ。壊れることはない。あの夫婦は固い絆で結ばれている。だから、ヴィアは安心していい」

「本当に？　リアテオルの奥様は無理してない？」

私は彼の目を覗きこんで、その奥に揺らぎがないか探してしまう。リアテオルとルイトエリンが私のことを大切に想うあまり、強引に事を進めてしまっている可能性もある。

「ここに来るまでに三か月かかったのは、三人で準備を整えていたからだ。俺と彼が騎士団内に『ヴィアはヤルダ副団長の生き別れの妹の忘れ形見』だとそれとなく話を流した。貴族社会では、彼の妻がお茶会などでご婦人方に美談として噂《うわさ》を広めている」

リアテオルの痕跡が追えない事実を逆手に取って、私の存在を彼の姪《めい》に仕立てあげたそうだ。

生き別れの妹にそっくりな私を見てもしやと思い、身辺調査し判明したことになっていた。リアテオルの当初の態度も、姪《めい》かもしれない私を危険な任務から遠ざけたかったためだということにして辻褄《つじつま》を合わせていた。

「彼の妻も、義姉に会えるのを楽しみにしている。だから、ヴィア。一緒に王都に行かないか？」

彼はそう言いながら、俺の手を取ってくれと全身全霊で訴えてくる。その顔には、私だけに見せてくれるあの柔らかい笑みが浮かんでいた。

「……ヴィア」

彼は耳元でささやく。……私がこの甘い声音に弱いのを知っているのだ。

「ずるいです、ルイト様は」

「ずるいんじゃなくて必死なんだよ。どこの世界でも雄はそうだろ？　求愛ダンスを踊る鳥、快適な産卵場所を作る魚。みんな持てる武器を利用している。だから、そろそろ俺にからみとられてくれないか？　ヴィア」

優しい捕食者を前にして、私は耳まで赤く染まっていく。早鐘のような鼓動の音が自分にしか聞こえなくてよかった。

彼はそんな私をその目に映しながら、満足気に微笑んでいる。

もう彼の手を拒む理由は何もない。

ルイトエリン、リアテオル、そして彼の妻によって、私の居場所が用意されている。形はヤルダ伯爵の姪《めい》だが、あの子とまた家族になれるなんてこんなにうれしいことはない。

そして、ルイトエリンも私を望んでくれている。

私たちはこれからスタートラインに着くのだ。

もしかしたら、生まれも育ちも雲泥《うんでい》の差があり、貴族が当たり前に身につけている教養もない私と彼ではうまくいかないかもしれない。彼をがっかりさせるかもしれない。

では、始める前から諦める？

それは嫌だ。いつだって逃げずに、自分なりに考えて最善だと思う道を選んできた。間違えたことだってたくさんあったけど、後悔だけはしなかった。

――私らしくいよう。

なんて言おうかと思っていると、ふいに以前彼と交わした会話が浮かんできた。

彼はあれを覚えているだろうか。何気ない会話だったけど、私は未来を意識して照れたのを覚えている。あのときは答えられなかったから、今、答えたい。

私は少しだけ彼から離れて、ルイトエリンとしっかりと目を合わせる。

「ルイト様は子どもが好きですか？」

唐突な質問に、一瞬だけ彼の目が見開いたがすぐに細まる。たぶん、わかってくれたのだと思う。

「大好きだ。最近は熊も好きになったかもしれないが」

「ふふ、熊ですか？　まあ、それはどうでもいいですね。もし結婚したとしたら何人欲しいですか？」

あのときの私は彼にこう言われて真っ赤になった。

でも、彼は照れることなく、うれしそうに次の言葉を待っている。だから私は「仮の話ですよ」と忠実になぞっていく。

「子どもたちにひもじい思いをさせずに養っていけるなら、何人でも欲しいと思っている」

「ルイト様は男の子と女の子どっちが欲しいですか？」

「叶うならどっちも欲しいな」

「名前にこだわりはありますか？」

「奇抜な名前は避けたいかな」

お互いの完璧すぎる台詞《せりふ》に、こらえきれずふたりとも笑い出す。

「私も同感です。名前は最初の贈り物ですから」

「ああ、心を込めて考えたいな」

あのとき、泣きたいほどうれしかったけど、何も言えなかった。でも、やっと伝えられる。

「私はルイト様と一緒に素敵な名前を考えたいです。だから、私の手を取ってくれませんか？　全力で幸せにしますから」

心臓をバクバクさせながら、彼に向かって手を差し出す。彼はうれしそうだけど、悔しそうにも見える複雑な顔をする。

私は少しだけ不安になりながら、彼の言葉を待つ。

「反則だ、ヴィア。俺が言いたかったことを先に言うなんて」

「早い者勝ちですよ、ルイト様」

「なら、これも早い者勝ちだな」

「えっ……？」

彼は私の手を掴み、強引に自分の腕の中に引き寄せる。

「俺と結婚してくれ、ヴィア」

そうささやいて、唇を重ねた。

苦しくないように配慮しているのだろう、時折角度を変えてくれるけど、それは一瞬のことで声を発する間もない。言葉でなくとも想いを伝える方法があることを、私は身を以て知った。

「返事をくれないか、ヴィア」

まだ口づけの余韻《よいん》でフラフラしている私に、彼が催促《さいそく》してくる。

本当にずるい。私のことをこんなふうにしておいて、彼は息ひとつ乱れていない。それなのに色っぽさが増していて、さらに私をドキドキさせる。

——これから先もずっと一緒に歩み続けていく道を私は選ぶ。

でも、その前に告げたいことがある。前世のこと、今世でのこと。すべてを伝えることに意味があるかはわからない。それでも話しておきたいと思うのは、ルイトエリン・ライカンは私にとって特別な人で、彼を心から信頼し、愛しているから。

彼の胸を手で押して少しだけ体を離すと、彼は眉間に皺を寄せる。そんな顔をされても困る。

「これは私の理性を保って話すのに必要な距離です」

「保たなくても全然いいぞ」

すごく悪い顔をしているルイトエリン。きっとよからぬことを考えているのだ。

将来を誓いあった者同士ならそういう関係に進んでもおかしくない。しかし、ちゃんと伝えたあとにしたい。

「心の準備とかいろいろあるんです。順番は大切ですよ、ルイト様」

「そうだな、だが俺の準備は万全だ」

真顔で言うルイトエリン。もう黙ってほしいというか、そんな目で見ないでほしい。もはやその目は理性を破壊する凶器である。

なんとも思っていないときは平気だった。でも、彼を全力で愛している今は無理……堕《お》ちそうだ。

私はふぅと長い息を吐いてから、なんとか拳《こぶし》ひとつぶんの距離を空け、彼を見上げる形で話を始める。

「返事をする前に聞いてもらいたいことがあります。楽しい話だけではないですけど、ルイト様には私のすべてを知ってもらいたいんです」

「聞かせてくれ、ヴィア。それと、俺も話しておきたいことがある。正直きつい話になるが、ヴィアにも俺のすべてを知っていてほしい」

「聞かせてほしいです。ルイト様のすべてを私が受け止めます」

彼が背負っているものをすべて知っているわけではない。お互いに長い話になるだろう。そして、うまく話せないこともあるかもしれない。互いに支え合い、愛し合い、信頼しあうとは、とても難しいことだと思う。

でも、不安はない。私たちならきっと大丈夫だ。時間はいくらかかってもいい。これから一生をともに歩んでいくのだから、いくらだって時間はある。

私たちが見つめ合っていると、彼が意味ありげに微笑んだ。

「そうだ、言い忘れていたことがあった。ヤルダ副団長からの言伝だ。『前世で果たせなかった約束を守る』だそうだ」

心当たりがなくて首をひねっていると、ルイトエリンが自分のことを指さし「俺だ」と告げる。

ますますわからない、彼と前世の私とでは接点はないのに。

「『姉ちゃんが行き遅れたらかわいそうだから、俺がいい男を探しておいた。今、目の前にいる男がそうだ』と言ってたぞ」

たしかに幼い頃、あの子は冗談で私にそんなことを言っていた。それをずっと覚えていたのだと知って、目頭がじんわりと熱くなる。

でもね、まだ行き遅れてないから……

今度リアテオルに会ったらまずはぎゅっと抱きしめよう、お説教はそのあとだ。

溢《あふ》れそうになる涙を拭《ぬぐ》っていると、大きな手が私の頬に触れてくる。

「ヤルダ副団長のお眼鏡には適ったんだが、俺を気に入ったか？　ヴィア」

「あの子は見る目があります。でも、紹介は不要でしたね。もうずっと前から私はルイト様を愛していますから」

私は自分で彼を見つけた。そして、彼も私を見つけてくれた。きっと私たちは赤い糸で結ばれていたのだ。

「俺も心から君を愛している。もう二度と離さなくていいか？　ヴィア」

「私もルイト様を離しませんから、覚悟してくださいね」

彼は私の髪を意味ありげに撫でながら、熱い眼差しを向けてくる。抱き合っているうちにふたりの鼓動がぴったりと重なる。

どちらからともなく口づけが始まり、私たちは想いを温もりという形で思う存分伝えあっていく。お互いの熱を交換し合いながら、少しずつ背負っている過去を言葉にしていった。順番が違ってしまったけれど、これでよかったのかもしれない。重い過去を言葉にして紡ぐには、お互いの温もりを支えにする必要があったと思うから。

そうでなければ、すべてを伝えるなんてきっと無理だった。

翌朝、小屋に差しこむ朝日で目覚めると、私は彼の腕の中にいた。彼の寝顔を見るのは初めてで、いつも見られる側だった私は飽きることなくじっと見つめる。寝ていても格好いいなんてすごいなと思っていると、彼がゆっくりと目を開ける。

「おはよう、ヴィア。そろそろ、返事をもらえるかな？」

「不束者ですがよろしくお願い――」

せっかく返事をしようとしたのに、最後まで言わせてもらえなかった。覆いかぶさるように口を塞がれたのだ、彼の唇で。

ひっそりと暮らしていくのはもう無理みたいだ。

エピローグ

私たちが初めて一緒に朝を迎えたあの日から、早いもので七年が経った。

もう私はあの森には住んでいない。七年前、私はルイトエリンとともに王都に戻った。私を出迎えたリアテオルはこらえきれずに号泣していた。

『やめなさい、テオ』

『うっ、うう……姉ちゃんはなんでそんなに冷静なんだ……』

私だってリアテオルの顔を見て泣きそうになった。それは断じて嘘ではない。

しかし、先に四十すぎのおじさんが声を上げて泣き始めたら、込み上げてきた涙がすっと引いてしまったのだ。わかるだろうか、この微妙な気持ちが……

『それは大きな熊が目の前で泣いているから、引いているんじゃないかしら？　アル、おじさんの涙なんて気持ちが悪いだけよ。これで拭きましょうね』

大きな体の後ろから綺麗な女の人が顔を出した。

『……うっう……ハンナ、ありがとうな』

私が遠慮して言えなかったことを容赦なく言葉にしたのは、弟の妻――ハンナだった。彼女は夫の涙を甲斐甲斐しく拭いてあげている。美女と野獣を地でいっているふたりだけど、仲睦《なかむつ》まじく並ぶ姿はお似合いだった。

『お義姉様、どうか私のことはハンナと気軽に呼んでくださいませ』

彼女は美人なだけでなく、とても気さくな人だった。私の弟はやはり見る目があると感心していると、リアテオルの涙は止まっていた。愛妻家と評判の弟は、妻の尻に敷かれているようだ。

生まれ変わりの件については四人の秘密ということにして、リアテオルの子どもたち——本当は私の姪《めい》と甥《おい》——には、父親の姪《めい》として紹介された。

こうして感動の再会を果たし、彼の家族にも大歓迎され、私はアルソート・ヤルダの姪《めい》として正式にヤルダ伯爵家に迎え入れられたのだった。

でも、私がオリヴィア・ヤルダでいる期間はとても短かった。ルイトエリンの妻になり『オリヴィア・ライカン』になったからである。

私たちの結婚に障害となるものは何もなかった。彼の父であるライカン侯爵には家令を通して報告した。結婚式には出てもらえなかったが、ケイルートを通して祝福された。

『兄上、父上からの伝言です。幸せになれ。今でもお前は私の自慢の息子だと。忙しくて結婚式に出られないことを残念がっていました』

最後の言葉は、何も知らないケイルートのための言葉だろう。

しかし、託した言葉はきっと本心だと思う。ライカン侯爵とルイトエリンの溝は埋まってはいない。ケイルートが成人したら、侯爵家の籍からルイトエリンが抜けることも決まっている。

何が正解かはわからない。

ただ、私は彼に寄り添っていくだけだ。


結婚した翌年、私たちは双子の男女に恵まれた。

子どもたちはすくすくと成長して、六歳になった長男サイヤルトと長女ミイナルーナは髪の長さは違えどそっくりで、かつルイトエリンのまさにミニ版だった。その可愛さは天使の域をとうに超えていて、たとえるものが何もないほどだ。これは親の贔屓目《ひいきめ》ではなく事実だ。

そうなると心配なのはやはり不埒《ふらち》な輩《やから》の魔の手である。

でも私とルイトエリンと、子どもたちは違う。

私たちはひとりで必死に自分を守っていたけれど、この子たちには味方が大勢いる。ルイトエリン、リアテオル、そして騎士団の仲間たちが目を光らせているから、王都に住む者で手を出そうとする愚か者は誰もいない。

ただ、よからぬことを考える流れ者もいる。そういう輩《やから》を牽制《けんせい》するのに大活躍しているのはルイリアだった。

あの子熊だったルイリアは我が家でペットとして飼われている。普通は王都で獰猛《どうもう》な獣を飼うのは許されないが、このルイリアは特別に許可をもらえたのだ。

……なぜなら、まったく熊らしくないからだ。犬に吠えられたら逃げる、猫に威嚇されたら逃げると、熊失格と立派に認められたのだ。

六歳にもなれば子どもたちだけで友達と遊ぶこともある。そういうときは必ずルイリアに乗っていくように私は口を酸っぱくして言っていた。

『ルイリアも一緒に連れていきなさい』

『お母さん、でもルイリアはすごく弱いよ。意味あるかな？』

質問してきたのはサイヤルトだ。見た目だけでなく賢いところも父親に似ていて、自慢の息子だ。

『見た目が熊だから意味はあるのよ。中身が猫以下でも』

『違うよ、お母さん。この前、鼠《ねずみ》に威嚇されて私の後ろに隠れたから鼠《ねずみ》以下になってるんだよ。でも、大丈夫。何かあったら私がみんなを守るもん』

小さな拳《こぶし》で自分の胸を可愛く叩いてみせたのは、ミイナルーナだ。女の子だけどお転婆《てんば》で、そのうえ食いしん坊でもある。見た目は父親にそっくりだが、中身は私に似ているとみんなが口を揃《そろ》えて言っている。

——カランコロンッ。

店の扉が開く音がして振り返ると、そこには騎士服をまとったルイト、エリンがいた。

彼は巡回中に私が営んでいる『黒き薬師の店』に寄ることがある。悪い虫が心配だからと言っているけれど、そんな心配はないのに。黒き薬師を溺愛する美貌の副団長の怖さを知らぬ者は、もう王都にはいない。

黒き薬師と名乗っているけど、もう私は黒をまとっていなかった。黒い外套《がいとう》と手袋はもう私には必要ないから大切にしまっている。

では、なぜ怪しげな呼称のままでいるのか。

それは私自身が望んでいるからだ。あれは頑張ってきた証であり私の誇り。だから、これからも私はずっと黒き薬師のままだ。

「ヴィア。サイヤとルーナは？」

「あの子たちは近所の子どもたちと近くの空き地で遊んでいるわ。もうすぐお昼だから帰ってくるはずよ。一緒にお昼ごはんを食べていく？　ルイト」

「そのつもりで来たから食べていくよ」

私をその腕に閉じこめて、口づけの雨を降らせ続けるルイトエリン。子どもの前では控えているけれど、ふたりだけのときは私のそばから離れようとはしない。

七年前のあの日から、ずっと私を守ってくれている。

そんな彼を私は無理矢理剥《は》がそうと格闘する。私だって離れたくないけれど、これではご飯の用意がいつになってもできない。

「今はだめよ、ルイト。子どもたちがお腹を空かせて帰ってきちゃうわ」

「わかった、夜まで待つ。いいだろっ？　ヴィア」

「そ、それはっ……」

私が真っ赤になりながらうなずくと、彼は「楽しみだ」と耳元でささやき、やっと解放してくれた。あいかわらず優しい策士だ。

店の奥で昼食を並べていると、勢いよく鈴が鳴る音が聞こえてきた。

「お母さん、お腹すいたー」

「もうペコペコだよ、お母さん」

パタパタと可愛らしい足音が近づいてくる。愛する子どもたちが、我先にと私に抱きついてきた。

ルイトエリンはそんな私たちに目を細めながら、ふたりの頭を優しく撫でる。

「さあ、みんなでご飯にしましょうね」

「ガウガウ！」

真っ先に返事をしたのは、裏から入ってきたルイリアだった。最近は大きくなりすぎて表の扉から入ってこられなくなったので、専用の裏口から入ってくるのだ。

のしのしと歩いてくると、鼻先を使って子どもたちを席に着かせてから、テーブルの下に置いてある自分のお皿の前で行儀よく待つ。鼠《ねずみ》にも負ける熊だけど、気持ちは子どもたちの兄のつもりなのだ。

家族全員が揃ったところで、楽しい食事の時間が始まる。

繰り返される日常は、七年前とはぜんぜん違う。こんなに幸せでいいのかと思うときもある。

――いいのだ。

これは私と愛する人たちで築いたものだから。誰かから奪ったものではないし、誰かを傷つけているわけでもない。ましてや誰かの犠牲の上に成り立っているものでもない。

……幸せとは本来そうあるべきもの。

誰もがそれを得る権利を持って生まれてきたはずなのに、理不尽に奪われることもある。前世の私がそうだった。

そして、生まれ変わりという数奇な運命を経て、ありふれた日常という、かけがえのない宝物を私はやっと手に入れることができた。

きっと前世の私が、今の私を見たら『よく頑張ったね』と抱きしめてくれるだろう。

これからも私はこの幸せとともに生きていく。

新＊感＊覚ファンタジー！

レジーナブックス Regina

レジーナブックス Regina

ゆるゆるお気楽生活がしたかったのに!?

お飾りの側妃ですね？ わかりました。 どうぞ私のことは 放っといてください！

水川《みずかわ》サキ

イラスト：RAHWIA

国王の五番目の妃として選ばれた弱小貴族令嬢のアクア。自分を虐げてきた家族から逃げようと国王・シエルのもとに向かうと「お前を愛することはない」とはっきり言われて⁉　あなたがそのつもりなら、私はお飾り側妃としてのんびり生活をしますと啖呵を切ったのだけど、なぜか王宮ではシエルと出くわすことが多い。ほっといてください！　と思っていたはずが、なんだかだんだんほだされて——？

詳しくは公式サイトにてご確認ください。

https://www.regina-books.com/

この作品に対する皆様のご意見・ご感想をお待ちしております。

おハガキ・お手紙は以下の宛先にお送りください。

【宛先】

〒150-6019 東京都渋谷区恵比寿 4-20-3 恵比寿ガーデンプレイスタワー 19F
（株）アルファポリス　書籍感想係

メールフォームでのご意見・ご感想は右のＱＲコードから、
あるいは以下のワードで検索をかけてください。

アルファポリス　書籍の感想　検索

ご感想はこちらから

本書は、「アルファポリス」（https://www.alphapolis.co.jp/）に掲載されていたものを
改題、改稿、加筆のうえ、書籍化したものです。

前世《ぜんせ》で処刑《しょけい》された聖女《せいじょ》、今《いま》は黒薬師《くろくすし》と呼《よ》ばれています

矢野りと（やの りと）

2024年 9月 5日初版発行

編集－境田 陽・森 順子
編集長－倉持真理
発行者－梶本雄介
発行所－株式会社アルファポリス
〒150-6019 東京都渋谷区恵比寿4-20-3 恵比寿ガーデンプレイスタワー19F
TEL 03-6277-1601（営業） 03-6277-1602（編集）
URL https://www.alphapolis.co.jp/
発売元－株式会社星雲社（共同出版社・流通責任出版社）
〒112-0005 東京都文京区水道1-3-30
TEL 03-3868-3275
装丁・本文イラスト－Nyansan
装丁デザイン－AFTERGLOW
（レーベルフォーマットデザイン—ansyyqdesign）
印刷－中央精版印刷株式会社

価格はカバーに表示されてあります。

落丁乱丁の場合はアルファポリスまでご連絡ください。

送料は小社負担でお取り替えします。


ISBN978-4-434-34376-6 C0093